Die mysteriösen Fälle der Miss Murray:
Cleveland Street

Teil 1 der „Miss Murray"-Reihe

Impressum:
Amalia Zeichnerin
Ottersbekallee 5
D 20255 Hamburg

Titelgestaltung und Buchsatz: Amalia Zeichnerin

1

15. Mai 1889

Liebes Tagebuch,

Nur wenige Monate sind vergangen seit dem schrecklichen Mord an Mary Jane Kelly in Spitalfields. Seitdem gab es keine neuen Mordfälle, soweit ich weiß. Aber der Täter wurde bis heute nicht gefasst, das habe ich mehrfach gelesen. Läuft „Jack the Ripper", wie sie ihn seit einer Weile nennen, dort draußen im East End immer noch herum? Wetzt er schon sein Messer für das nächste Opfer, oder ist er von der Bildfläche verschwunden? So oder so, die armen Frauen von Whitechapel tun mir leid. Hier in Hammersmith gibt es natürlich auch Kriminelle, aber von einem Serienmörder, der diesen Stadtteil unsicher macht, habe ich noch nichts gehört.

Mir ist seltsam zumute, wenn ich darüber nachdenke, dass ich für den Verlag Bostwick & Sons Krimis schreibe, während jene Mordfälle im East End jede Fiktion an Grausamkeit übertreffen.

Josephine Murray ließ die Tinte trocknen und legte das Tagebuch beiseite. Die Tasse Tee neben sich hatte sie ganz vergessen, gewiss war das Getränk längst kalt. Sie nippte daran. *Wie ich's mir gedacht habe, typisch für mich, meinen Tee zu vergessen.*

Sie streckte sich und warf einen Blick in den kleinen Wandspiegel mit dem verschnörkelt geschnitzten Holzrahmen. Ihre Frisur war leicht zerzaust; windig war es gewesen, als sie auf dem Markt eingekauft hatte. Einzelne Strähnen ihres dunklen Haars hatten sich gelöst, einige widerspenstige Löckchen kringelten sich über die Stirn. Aber was machte es, sie war schließlich alleinstehend und würde heute Abend nicht mehr hinausgehen.

Josephine war nie zufrieden mit ihrem Äußeren, ihr Gesicht war zu grob, zu kantig, der Wuchs der Augenbrauen zu stark, egal wie sehr sie daran zupfte. Außerdem hatte sie Schlupflider.

Seufzend wandte Josephine den Blick vom Spiegel ab, nahm das Tuch von der Remington-Schreibmaschine und spannte ein Blatt Papier ein. Höchste Zeit, dass sie weiter an dem Krimi schrieb – der Abgabetermin rückte näher. In weniger als vier Wochen würde die Geschichte um einige Illustrationen ergänzt und als Heft gedruckt werden, wie man sie für wenige Pennys in Buchhandlungen, manchen Kaufhäusern und anderen Geschäften kaufen konnte.

Mit dem Schreiben hatte sie begonnen, als sie vor acht Jahren nach London gekommen war. Hier in der Stadt war sie auch auf die Heftromane aufmerksam geworden, die sich zunehmender Popularität erfreuten und die es fast an jeder Straßenecke zu kaufen gab. Eine ganze Zeit lang hatte sie einfach für sich geschrieben, sehr viel gelesen und Schreibübungen gemacht. Wie lange war das schon her … Vor vier Jahren hatte sie sich schließlich getraut, einen Krimi und einen Liebesroman an einen Verleger zu senden. Die ersten Verlage hatten sie abgelehnt, aber sie hatte sich nicht entmutigen lassen und schließlich war sie bei Bostwick & Sons gelandet. Was sie seitdem in Serie produzierte, war nicht gerade anspruchsvolle Literatur. Stattdessen eher reißerische, aber hoffentlich auch unterhaltsame Kriminalgeschichten und gelegentlich auch romantische Liebesschnulzen. Mindestens ebenso gefragt waren Schauergeschichten mit übernatürlichen Wesen und unerklärlich-mysteriösen Vorkommnissen – bezeichnenderweise hießen die entsprechenden

Heftromane Penny Dreadfuls[1]. Auch das schrieb sie mittlerweile von Zeit zu Zeit, wenn Mister Bostwick sie damit beauftragte.

Josephine wägte jeden Satz kurz ab, ehe sie ihn mit den Tasten der Remington-Schreibmaschine in das Papier hämmerte. Sie musste Papier sparen, konnte es sich nicht leisten, Seiten zu verwerfen und neue in die Maschine zu spannen.

„Das Mordopfer ist ledig und nach der Aussage ihrer Nachbarin dreißig Jahre alt, Sir", erklärte der Constable.

„Eine alte Jungfer also … Hat sie Verwandte?", fragte Detective Inspector Gleeson.

Josephine hielt inne. Sie selbst war ebenfalls eine alte Jungfer mit ihren dreißig Jahren. Aber sie hatte nie die Absicht gehabt zu heiraten und war froh darüber, mit den Geschichten für Bostwick & Sons mittlerweile ihren Broterwerb bestreiten zu können. Und ihre Verwandten … nein, lieber nicht an sie denken. Es war zu schmerzhaft.

„Nein, Sir, keine lebenden Verwandten. Sie war alleinstehend. Die Nachbarin will beobachtet haben, dass sie häufig Herrenbesuch hatte, was natürlich verboten ist."

„Ein leichtes Mädchen?", schaltete sich der Arzt Dr. Parsons ins Gespräch ein, der für gewöhnlich die Leichen untersuchte. „Mit dreißig wäre sie dafür schon recht alt gewesen. Aber wenn Sie mich fragen, sie sieht jünger aus. Sehen Sie nur, die Gesichtshaut ist zart und ebenmäßig. Was man auch vom Rest

1 Die Heftromane dieser Zeit kosteten oft nur einen Penny. Dreadful = englisch für "gruselig" oder "schrecklich"

sagen kann. Hat sich gut gehalten." Parsons schnitt eine Grimasse. „Für ihren allerletzten Liebhaber."

„Wie meinen Sie das?" Gleeson runzelte die Stirn.

„Nichts für ungut, Detective Inspector, das sollte ein Scherz sein. Sie hat sich gut gehalten für den Tod, meinte ich."

‚Immer diese Ärzte mit ihrem schwarzen Humor', dachte Gleeson bei sich und strich sich über den Backenbart.

Gelegentlich fantasierte Josephine darüber, einen Krimi mit einer weiblichen Heldin zu schreiben. Als sie ihrem Verleger vor einiger Zeit diese Idee präsentiert hatte, hatte sie einen amüsierten Blick von ihm geerntet.

***

„Eine weibliche Heldin auf Verbrecherjagd?" Mister Bostwick, ein Mann mittleren Alters mit graumeliertem Haar, gab ein glucksendes Geräusch von sich. "Nein, nein, das schlagen Sie sich lieber aus dem Kopf. Verbrechensbekämpfung gehört nun mal in männliche Hände. Und überhaupt, wie soll das denn gehen?" Er wartete keine Antwort von ihrer Seite ab. „Die meisten unserer Leserinnen sind verheiratet, oder zumindest schon verlobt. Viele haben auch schon Kinder. Keine verheiratete Frau würde sich jemals als Detektivin betätigen können. Schließlich müssen sie sich darum kümmern, ihren Ehegatten ein schönes Heim zu bereiten und sich um die Kinder kümmern." Er bedachte sie mit einem fast väterlichen Lächeln, aber immerhin hätte er tatsächlich ihr Vater sein können. „Setzen Sie unseren Leserinnen keine Flausen in den

Kopf, meine Liebe. Außerdem wäre eine solche Arbeit doch viel zu gefährlich für eine Dame, das muss ich Ihnen doch nicht erzählen."

Mister Bostwick wusste, dass sie keine gewöhnliche Frau war, er hatte es ihr gleich bei ihrem ersten Treffen angemerkt, denn sie war heiser gewesen und ihre tiefere Stimmlage hatte sie verraten.

„Miss Murray, Sie schreiben gut", sagte er nun. „Das ist es, was am Ende des Tages für mich zählt. Ihre Geschichten finden eine Menge Leser. Ihre genauen Lebensumstände sind für mich nicht relevant. Schließlich sind Sie keine Person des öffentlichen Lebens. Und dank des Pseudonyms J. Murray wissen unsere Leser noch nicht einmal, ob Sie ein Mann oder eine Frau sind – und das brauchen sie auch nicht zu wissen. Zumal Krimis und Schauergeschichten eher gelesen werden, wenn der Autor ein Mann ist, wie ich Ihnen ja bereits sagte."

Was für eine Erleichterung, dass ihrem Arbeitgeber ihr Geschlecht gleichgültig war und er sie allein an ihrer Arbeit beurteilte. In der Vergangenheit hatte sie deswegen oft Schwierigkeiten bekommen. Trotzdem, eines hatte sie sich fest vorgenommen: Irgendwann einmal würde ihr voller Name auf einem Buchtitel stehen.

2

Montag, 10. Juni 1889

Hammersmith war ein recht durchmischter Stadtteil; in ihrer Nachbarschaft wohnten einfache Leute aus der Arbeiterklasse – Handwerker, Fabrikarbeiter, Bauarbeiter und dergleichen. Viele von diesen machten sich für die Arbeiterbewegung, Gewerkschaften und dergleichen stark – das merkte sie immer wieder an den öffentlichen Aushängen, die zu Gewerkschaftsveranstaltungen und ähnlichen Treffen einluden. Andere Bereiche des Stadtteils wurden eher von traditionell eingestellten Bürgerlichen bewohnt, wie auch das nahegelegene Kensington.

Der Ravenscourt Park am nordwestlichen Ende des Stadtteils war nicht weit von ihrer Wohnung entfernt, er brachte ein wenig Grün in das Grau der Umgebung. Meistens waren hier nicht viele Leute unterwegs, denn die Arbeiter schufteten von früh morgens bis spät abends, und die Bürgerlichen zog es wohl eher nach Kensington und in den größeren Hyde Park weiter östlich. Deshalb konnte sie hier die beschauliche Ruhe im Grünen genießen, während sie beim Spazierengehen dem Gesang der Vögel lauschte und neue Ideen für Geschichten ersann.

An diesem Tag hatte es sie in die Fleet Street im Temple-Bezirk verschlagen, der von Hammersmith rund sechs Meilen entfernt war. Dort hatte sie eben ihrem Verleger den fertigen Krimi abgeliefert, einen Packen Papier in einer Mappe. Vielleicht würde er noch Änderungen verlangen, aber dann würde er sich melden. Die Fleet Street war das Pressezentrum der Stadt. Alles, was in dieser Branche Rang und Namen hatte, war hier ansässig — Zeitungen, Druckereien und Verlage. Sie schätzte, jeder Zweite hier war entweder ein Verleger, ein Journalist oder ein Autor. Manche von ihnen erkannte man unschwer an den Tintenflecken an den Händen, die mitunter recht hartnäckig waren und sich nicht leicht abwaschen ließen.

Sie erinnerte sich an das erste Gespräch mit Mister Bostwick. Bis zum Hals hatte das Herz ihr geklopft, als der Mann mit dem grau melierten Vollbart sie prüfend musterte, während sie sich ihm mit heiserer, rauer Stimme vorstellte. Schließlich hatte er ihr einfach zugenickt. „Es freut mich, dass wir uns heute persönlich kennenlernen. Ihre beiden Manuskripte haben mir gefallen, sie sind für unseren Verlag geeignet. Noch etwas Feinschliff, und sie sind druckreif. Bis wann können Sie die Texte überarbeiten? Die Anmerkungen habe ich in roter Tinte dazu geschrieben."

Was für ein Stein war ihr damals vom Herzen gefallen, als er mit ihr die Bedingungen des Vertrages besprochen hatte. Die Zusammenarbeit hatte sich als lohnend erwiesen und sie wollte den Verlag nicht missen, der ihr ihren Lebensunterhalt sicherte. Zwar lebte sie in bescheidenen Verhältnissen, aber immerhin hatte sie mehr Freiheiten als eine verheiratete Frau sie gehabt hätte, denn als solche hätte sie wohl nicht mehr arbeiten dürfen. Ein Leben ohne Schreiben, ohne Geschichten zu ersinnen? Das konnte sie sich inzwischen nicht mehr vorstellen.

Sie schlenderte die vornehme Temple Avenue hinunter bis zur Themse, von dort wollte sie zur Station „Temple" und mit der Inner Circle Bahn stadteinwärts fahren, dann umsteigen in die Metropolitan Railway, die sie bis nach Hammersmith weiter im Westen bringen würde.

Die hölzernen Waggons der Underground wurden mit Gas beleuchtet, allerdings wurde in den Abteilen der dritten Klasse an Lampen gespart. In diesem Zwielicht saßen an diesem Abend Männer in Arbeitskluft. Ihre Gesichter wirkten grob – oder vielleicht lag es auch an den Schatten im Abteil – die Hände und Kleidung verschmutzt, vielleicht von Bauarbeiten oder Fabrikarbeit. Dazwischen eine verhärmt wirkende Frau mit vier Kindern, alle in ärmlicher Kleidung und mit Rotznasen. In der stickigen, warmen Luft im Abteil roch es nach Schweiß und Maschinenöl. Jedes Mal, wenn der Zug bremste, ging ein scharfer Ruck durch das Abteil, so dass sie sich an der Lehne der hölzernen Bank festhalten musste, um nicht vom Sitz zu fallen.

In Hammersmith angekommen, dämmerte es bereits und sie beschleunigte ihre Schritte. Vor einem etwas heruntergekommenen Pub, der gern von Arbeitern frequentiert wurde, stieß sie mit jemandem zusammen und sah überrascht auf.

Sie erblickte eine Frau, ungefähr in ihrem Alter, mit einem Strohhut und Stoffblumen darauf, mit aschblondem Haar und einem auffällig großen Muttermal am rechten Mundwinkel. Ein schwacher Duft nach Veilchen umgab sie, vermutlich ein Parfüm der günstigen Sorte. Josephine wollte sich gerade für das Anrempeln entschuldigen, als hinter ihnen ein schmieriges „He, Missus!" erklang.

Im nächsten Moment wallte ihr der saure Geruch von Bier entgegen. Auch das noch. Ein Betrunkener, der hinter der Dame stand; ein unansehnlicher grobschlächtiger Kerl mit zerzauster Frisur und roter Nase.

„Was wollen Sie von der Dame?", fragte sie ihn.

„Das geht Se gar nix an, Miss!" lallte der Mann und grapschte nach dem Arm der aschblonden Frau. Josephine fühlte Wut in sich aufsteigen; dieses despektierliche Verhalten wollte sie nicht hinnehmen. Was fiel diesem Kerl ein?

„Lassen Sie mich los!", rief die Dame – sie schien zwischen Angst und Verärgerung zu schwanken. Doch der Betrunkene hielt sie weiter fest. Josephine hätte ihm am liebsten einen Kinnhaken verpasst, aber das wollte sie sich doch lieber für den Notfall aufheben. Vielleicht war eine andere Taktik hier klüger…

„Und ob mich das was angeht, die Dame hier ist nämlich meine Nachbarin. Kommen Sie, meine Liebe. Sie wollten mir doch noch von dem neuen Geschäft auf dem Markt erzählen, Sie wissen schon, das mit den Kurzwaren und den hübschen Stoffen, von denen Sie so geschwärmt haben." Sie sprach immer weiter im Plauderton und hakte sich bei der Dame unter. Verwirrt ließ der Kerl die blonde Dame los, trat aber nicht zur Seite.

„Ja ... das stimmt", sagte die Frau nun nach einigem Zögern. „Vielleicht können wir dort einmal zusammen hingehen, es ist auch nicht allzu teuer, und die Stoffe sind wirklich schön."

Josephine sagte zu dem Betrunkenen: „Einen schönen Abend noch, Sir."

Die Höflichkeit schien ihm jeden Wind aus den Segeln zu nehmen. Er tippte an seine Mütze und erwiderte den Abschiedsgruß.

Sie ging ein paar Schritte untergehakt mit der Dame, ehe sie sich von ihr löste. „Verzeihen Sie, aber es erschien mir ein einfacher Weg, diesen Herrn wieder loszuwerden."

Das Lächeln ihres Gegenübers zauberte im Licht einer Straßenlaterne zwei Grübchen auf ihre Wangen. „Danke, dass Sie mir zur Rettung geeilt sind", sagte sie.

„Ich bin mir sicher, Sie wären den Kerl auch ohne meine Hilfe wieder losgeworden."

„Ich weiß nicht. Manche Herren können ziemlich hartnäckig sein, vor allem, wenn sie … einen im Tee haben."

„Wem sagen Sie das?", fragte Josephine. Mit dieser Sorte Mann hatte sie in der Vergangenheit selbst schon Bekanntschaft geschlossen und es hatte ihr ganz und gar nicht gefallen. „Soll ich Ihnen noch Gesellschaft leisten auf Ihrem Weg nach Hause?"

„Das würde mich freuen, nach diesem Schreck. Aber was war das für ein Kurzwarengeschäft, von dem Sie sprachen? Sie haben mich neugierig gemacht."

Josephine lachte. „Ach, das. Das habe ich frei erfunden."

Die blonde Dame blieb stehen. „Oh. Einfach so?"

„Wissen Sie, ich bin Schriftstellerin. Ich bin es gewohnt, mir etwas aus den Fingern zu saugen."

Ihre Begleiterin lächelte zögernd. „Ah, ich verstehe. Da habe ich ja Glück gehabt, dass Sie gerade vorbei kamen. Darf ich mich vorstellen? Constance Blackmore."

„Sehr erfreut, Miss Blackmore. Oder Mrs? Ich bin Miss Josephine Murray."

„Ich bin nicht verheiratet. Eine alte Jungfer, wenn Sie so wollen."

„Dann haben wir etwas gemeinsam", erwiderte Josephine. Miss Blackmore wurde ihr allmählich sympathisch. Sie hätte ihr gern noch mehr Fragen gestellt, zum Beispiel warum sie nicht verheiratet war, aber Josephine wollte nicht neugierig erscheinen und es war unhöflich, eine neue Bekanntschaft gleich mit Fragen zu überhäufen.

Sie schlenderten die Ravenscourt Road hoch, am gleichnamigen Park entlang. „Wussten Sie, dass hier vor kurzem im Ravenscourt House die erste öffentliche Bibliothek von Hammersmith eröffnet worden ist?", wandte sie sich an Miss Blackmore.

„Nein, das war mir neu. Das ist für Sie als Autorin gewiss interessant?"

„Ja, aber ich habe noch nicht die Zeit gefunden, der Bibliothek einen Besuch abzustatten."

In der Paddenwicks Road hielt Miss Blackmore vor einem Haus mit einer verwitterten Haustür an, deren blauer Anstrich an mehreren Stellen abblätterte. „Hier wohne ich. Es hat mich gefreut, Sie kennenzulernen, Miss Murray."

„Mich ebenfalls." Josephine überlegte. „Warten Sie einen Moment." Sie öffnete ihre Handtasche, kramte kurz darin herum und zog eine Karte heraus. Ein paar davon hatte sie stets dabei, handbeschrieben mit ihrer Adresse.

Diese Frau war ihr sympathisch und wer wusste, was sich aus dieser Zufallsbekanntschaft ergeben mochte. „Wenn Sie einmal Hilfe bei etwas benötigen, oder sich einmal mit mir treffen möchten, schreiben Sie mir gern." Ihre Hand zitterte. Warum war sie mit einem Mal so nervös? Ganz kurz streiften sich ihre Finger, als Miss Blackmore die Karte mit einem Lächeln an sich nahm.

„Das ist sehr freundlich von Ihnen, darauf komme ich gern zurück. Wissen Sie, ich wohne noch nicht lange in Hammersmith und kenne hier nicht allzu viele Leute." Die Berührung fühlte sich angenehm an. Viel zu schnell verging dieser Augenblick. Eine einzelne Locke kringelte sich aus dem aschblonden Haar in die Stirn von Miss Blackmore. Das stand ihr gut, denn so wirkte die Frisur weniger streng. Josephine rief sich innerlich zur Ordnung – sie musste sich zwingen, Miss Blackmore nicht anzustarren. „Es würde mich freuen, Sie wiederzusehen. Einen schönen Abend."

„Danke, Ihnen auch." Miss Blackmore schloss die Haustür auf, winkte ihr noch einmal zu und verschwand im Haus.

Auf dem Heimweg malte Josephine sich ein Wiedersehen mit ihrer neuen Bekannten aus.

3

Mittwoch, 19. Juni 1889

„Wenn ich es Ihnen doch sage, Sir, das Opfer ging in einem dieser Häuser anschaffen", erklärte Constable Blacksmith.

„Aber gestern sagten Sie doch, die Nachbarin hätte beobachtet, dass sie Herrenbesuch hatte? Was denn nun?"

„Ich hab noch mal mit anderen Leuten aus der Straße gesprochen. Einer von denen sagte mir, er hätte sie in ein Freudenhaus gehen sehen, hinter der Spitalfields Markthalle."

„In welcher Straße, Constable?"

„Wilkes Street, Sir."

„Ist diese Angabe korrekt? Können Sie mir etwas über dieses Bordell sagen?"

„Hatte noch nichts mit den Leuten da zu tun. Aber das Bordell wird in einem dieser Nachtleben-Guides erwähnt."

„Ah, verstehe." Detective Inspector Gleeson wusste, dass die Prostitution für manch armes Mädchen und manch junge Frau die einzige Alternative zu einem Hungerlohn war, den viele von ihnen in den Fabriken, in Schneidereien oder als Dienstmädchen erhielten. Natürlich eine höchst unmoralische, unsittliche Tätigkeit, doch zugleich eine, die in der Metropole immer noch heiß begehrt war, so dass es sogar ausführliche Guides über das Nachtleben gab, in denen Bordelle aufgelistet und manche der Huren sogar persönlich vorgestellt wurden. Das war zwar anrüchig, doch auf der anderen Seite erleichterten diese Guides den Polizeibeamten und Ermittlern der Metropolitan Police gelegentlich die Arbeit.

Josephine schaute zu dem Nachtleben-Guide

herüber, der als Recherchematerial auf ihrem Tisch lag. Nach außen hin wirkte das Buch unscheinbar, es hätte auch einfach ein Roman sein können. Das Innere dagegen hatte es in sich, denn das Buch enthielt nicht nur ausführliche Informationen über die respektablen und weniger respektablen Seiten des Londoner Nachtlebens, sondern war um zahlreiche anzügliche Illustrationen ergänzt worden, die auf manche Leute sicherlich erregend wirkten. Josephine trieben sie eher die Schamesröte ins Gesicht.

Sie wollte sich gerade weiter in die Ermittlungen des Detective Inspectors in ihrem Krimi vertiefen, als ein Klopfen an der Tür erklang. Vielleicht der Vermieter? Aber nein, sie hatte die Miete für diese Woche doch schon bezahlt. Sie sah auf ihre Taschenuhr: Sechs Uhr, ein wenig spät für einen Besucher ohne eine Verabredung.

Ein Blick in den Spiegel ... ihre Frisur saß noch relativ gut. Eben war sie von einem Besuch auf dem Markt zurückgekehrt und hatte den Hut abgelegt. Sie griff nach dem Nachtleben-Guide und legte ihn in eine Schublade des Schreibtischs. Danach stand sie auf und ging zur Tür. Zu ihrer Überraschung stand Miss Blackmore vor ihr, in einem türkisblauen Kleid und einem dunkelblauen Hut mit einer weiten Krempe, der auf ihrer Hochsteckfrisur saß. Das Türkisblau passte hervorragend zu ihren blonden Haaren.

„Oh, guten Abend, Miss Blackmore."

„Guten Abend, Miss Murray. Bitte verzeihen Sie die Störung zu so später Stunde, ich hätte Ihnen eine Nachricht geschrieben, aber es ist ... ach, es ist kompliziert. Dürfte ich vielleicht hereinkommen? Ich möchte das ungern hier zwischen Tür und Angel erklären."

„Gewiss. Kommen Sie." Josephine bat sie mit einer einladenden Geste herein. „Ich wollte ohnehin gerade einen Tee machen. Bitte, nehmen Sie Platz." Sie wies auf einen der beiden Sessel, der schon bessere Zeiten gesehen hatte. Aber er war noch immer bequem. Sie ging hinüber in die Kochnische, füllte Wasser aus der Kanne in den Teekessel.

„Haben Sie gut hierher gefunden?"

„Ja, danke, Sie wohnen ja in der Nähe des Marktes, es war nicht schwer."

Josephine nahm das kleine Tablett, stellte Teetassen darauf. „Ich fürchte, ich habe keine Milch im Haus. Nehmen Sie Zucker zum Tee?"

„Gern."

Josephine sah zu Miss Blackmore hinüber, während sie etwas Zucker aus der Vorratsdose in eine Schale füllte. Ihre Besucherin knetete die behandschuhten Finger im Schoß, zog die Handschuhe aus, knüllte sie zwischen den Fingern, als ob sie sich an etwas festhalten müsse. Dazu die sorgenvolle Miene …

Josephine brannte insgeheim darauf zu erfahren, was Miss Blackmore zu ihr führte. Aber sofort danach zu fragen, war undenkbar – viel zu unhöflich. Lieber erst einmal über das Wetter plaudern, das war immer ein guter Beginn für ein Gespräch mit Bekannten. Sie schenkte ihrem Gast Tee ein. Mit gezierten Bewegungen ihrer schlanken Finger rührte sich Miss Blackmore etwas Zucker in das Getränk. Josephine mochte ihren Tee schwarz und ungesüßt, was praktisch war, weil sie so nicht täglich Milch brauchte und sich den Zucker für Gäste aufheben konnte. „Es ist ziemlich stürmisch heute, nicht wahr?", fragte sie ihren Gast.

„Ja, schon wieder ein Sturm", erwiderte Miss Blackmore. „Man sollte meinen, der Herbst ist schon da. Ich musste meinen Hut draußen festhalten, obwohl ich ihn ja mit Haarnadeln fixiert habe." Sie deutete auf ihre Tasse. „Der Tee ist ganz köstlich."

„Leider kann ich Ihnen kein Gebäck dazu anbieten."

„Ich bitte Sie, ich bin ja einfach ganz unangemeldet hier hereingeplatzt. Es ist … wissen Sie, ich arbeite seit kurzem bei einem Schneider hier in Hammersmith und habe hier auch eine Wohnung gefunden. Ich teile sie mir mit meinem jüngeren Bruder, der froh ist, dass er auch von zu Hause ausziehen konnte. Unser Vater ist …" Ihr Gesicht verdüsterte sich bei diesen Worten. „Er ist schwierig. Aber abgesehen von meinem Arbeitgeber, meinen beiden Kolleginnen und meinem Vermieter kenne ich hier fast niemanden. Und ich habe lange Arbeitszeiten, also komme ich nicht viel unter Leute, außer natürlich Kundinnen und Kunden, die zu uns in den Laden kommen. Heute habe ich mir Arbeit mit nach Hause nehmen dürfen, deshalb konnte ich früher gehen." Sie trank einen Schluck Tee und sah Josephine direkt an. „Sie waren neulich so freundlich zu mir, als mich dieser Kerl vor dem Pub belästigt hat…"

Josephine winkte ab. „Das habe ich gern gemacht."

„Danke. Wissen Sie, um es frei heraus zu sagen: Ich mache mir Sorgen um meinen Bruder. Eddy arbeitet beim Telegraphenamt als Telegrammbote, und bisher war auch alles in Ordnung. Ich meine, er steht zeitig auf und erledigt seine Arbeit gut, zumindest nach dem, was er mir bisher berichtet hat. Aber in den letzten paar Wochen war er oft bis spät nachts unterwegs. Ich bin aufgewacht, als er zurückgekehrt ist und sich in sein Zimmer verdrückt hat. Mal war er erst um Mitternacht zu Hause, manchmal sogar noch später, und das unter der Woche!" Sie nippte am Tee, ehe sie fortfuhr. „Und am nächsten Morgen war er immer müde und griesgrämig, ganz wortkarg. Ich habe mich nicht getraut, ihn zur Rede zu stellen, was er nachts treibt, aber ich mache mir Sorgen, dass er in schlechte Gesellschaft geraten ist. Oder seinen Lohn in irgendwelchen Pubs vertrinkt."

„Wie alt ist Ihr Bruder, wenn ich fragen darf?"

„Er ist siebzehn. Aber er sieht jünger aus, eher wie fünfzehn."

„Und wie lange geht das schon so, dass er nachts lange unterwegs ist?"

Miss Blackmore zuckte mit den Schultern. „Ich habe mir das Datum nicht gemerkt, aber ich schätze, seit drei Wochen. Er ist nicht jede Nacht unterwegs, aber doch zwei, dreimal in der Woche. Jeden Freitag, das ist mir aufgefallen."

Josephine überlegte einen Moment, ehe sie antwortete. „Ich weiß ehrlich gesagt nicht, wie ich Ihnen weiterhelfen könnte. Sprechen Sie doch einfach mal mit ihm."

„Ich fürchte, wenn ich das mache, denkt er sich irgendetwas aus. Er findet sowieso, dass ich ihn zu sehr bemuttere. Unsere Mutter ist gestorben, als wir beide noch klein waren. Typhus." Ein Schatten flog über Miss Blackmores Gesicht und sie senkte den Blick.

Das war gewiss nicht einfach gewesen für die beiden Geschwister. Vor allem, wenn der Vater, wie Miss Blackmore angedeutet hatte, einen schwierigen Charakter hatte. „Das tut mir leid für Sie", sagte Josephine.

„Danke". Miss Blackmore sah wieder auf, griff nach

der Teetasse. „Es ist so lange her. Und seit damals habe ich mich um meinen Bruder gekümmert, ich bin ja acht Jahre älter als er. Eddy würde viel lieber allein wohnen, aber sein Lohn reicht dafür nicht aus. Noch nicht, hoffentlich später, wenn er befördert wird."

„Ich verstehe. Aber was hat er Ihnen denn gesagt, wo er abends hingeht?"

„Er behauptet, er treffe sich mit Kollegen, mit anderen Telegrammboten", erwiderte Miss Blackmore.

„In einem Pub, vermutlich?"

„Dagegen lässt sich ja nichts einwenden, es sei denn, er würde dort seinen Lohn vertrinken und könnte die Miete nicht mehr bezahlen. Aber das allein kann es nicht sein, denn die Pubs haben schließlich abends ihre Sperrstunde, zu der sie die Gäste hinauskomplimentieren. Und die ist ja spätestens um zehn oder elf Uhr abends. Aber er kann sich doch nicht stundenlang danach irgendwo mit seinen Kollegen herumtreiben." Sie stellte die Teetasse wieder auf dem Tisch ab, knüllte ein weiteres Mal die bereits zerknitterten Handschuhe in ihrem Schoß zusammen und sagte ohne aufzusehen: „Sie sagten mir neulich ja, wenn ich bei etwas Hilfe benötige, könne ich mich an Sie wenden."

Ein direkter Blick aus hellblauen, glänzenden Augen. „Deshalb wollte ich Sie um etwas bitten: Würden Sie meinem Bruder an einem Freitag unauffällig folgen, wenn er abends unsere Wohnung verlässt? Ich würde Sie natürlich für Ihren Zeitaufwand bezahlen … oder ich könnte Ihnen im Gegenzug etwas maßschneidern."

Josephine setzte zu einer Antwort an, doch Miss Blackmore sprach bereits weiter. „Sehen Sie einfach, wohin er geht und berichten es mir dann, das würde mir schon weiterhelfen. Zumindest hoffe ich das."

„Hmm, das klingt eher nach Arbeit für einen Privatdetektiv…"

Miss Blackmore strich sich eine widerspenstige Locke aus der Stirn. „Ich muss gestehen, ich habe tatsächlich daran gedacht, einen Detektiv damit zu beauftragen. Ich habe mit zwei verschiedenen gesprochen. Aber deren Preise konnte ich mir nicht leisten."

Josephine überlegte, ob sie für einen solchen Auftrag Zeit finden würde. Wenn es nur ein Tag war, sicherlich. Ihr Schreibpensum würde sie trotzdem schaffen.

Die Aussicht auf etwas Maßgeschneidertes war allerdings interessant für sie. Schon länger hatte sie Probleme, passende Kleider für ihre Größe zu finden, denn mit ihren mehr als 5,8 Fuß überragte sie die meisten Damen, die eher 5,5 Fuß oder kleiner waren.

„Ich kann gern einen Tag meiner Zeit für diese Angelegenheit opfern. Ich hoffe, ich kann Ihnen helfen. Und ich muss gestehen, Ihr Angebot reizt mich. Wissen Sie, maßgeschneiderte Kleidung kann ich mir eigentlich nicht leisten, und meine eigenen Nähkünste sind bescheiden. Ich habe einmal versucht, kleinere Kleidung durch zusätzliche Rocksäume und weitere Änderungen an meine Größe anzupassen, bin aber kläglich gescheitert. Und seit die Tournürenmode[2] nicht mehr *en vogue* ist, muss ich doch einiges ändern lassen. Also von daher … sehr gern." Sie lächelte. Die Aussicht auf ein maßgeschneidertes Kleid war nicht der einzige Grund, warum dieser Auftrag sie interessierte. Miss Blackmore war ihr sympathisch. Und das war

2 Modeerscheinung der 1880er Jahre, bei der sich die Röcke über dem Gesäß durch ein sogenanntes Tournürengestell bauschten, während es vorher kreisrunde Reifröcke gab. Diese Mode verschwand um 1889, danach verzichtete man auf die sperrigen Gestelle.

noch nicht alles. „Abgemacht, ich versuche mich für Sie als Privatdetektivin. Das wird eine neue Erfahrung für mich. Und wer weiß, vielleicht inspiriert es mich ja für weitere Kriminalgeschichten."

„Ich danke Ihnen." Miss Blackmore lächelte nun ebenfalls. „Vielleicht ist die Antwort, was mein Bruder nachts treibt, ja auch ganz harmlos. Zumindest hoffe ich das."

Josephine wollte ihrer neuen Bekannten keine falschen Hoffnungen machen. „Wir werden sehen", erwiderte sie deshalb nur. „Haben Sie vielleicht eine Abbildung von Ihrem Bruder oder können Sie ihn mir beschreiben?"

Miss Blackmore öffnete ihre Handtasche und holte eine kleine gerahmte Ambrotypie[3] heraus. „Das Bild ist schon etwas älter", erklärte sie. „Aber es sieht ihm noch recht ähnlich."

Drei Gestalten befanden sich im Bild: Eine etwas ängstlich wirkende Constance stand neben einem ernst dreinblickenden Jungen von vielleicht vierzehn Jahren. Im Gegensatz zu seiner Schwester hatte Eddy dunkleres Haar und ein hageres, längliches Gesicht, womit er dem älteren Mann glich, der auf der rechten Seite zu sehen war. Was für ein verkniffener Gesichtsausdruck war diesem zu eigen. Ob es an der langen Belichtungszeit lag, die für solch ein Bild notwendig war? Die idyllisch-heitere gemalte Landschaft im Hintergrund wollte nicht recht zu diesem ernsten Familienbild passen.

Josephine nickte ihrem Gast zu. „Danke. Ich schätze, ich werden Ihren Bruder wiedererkennen."

Hoffentlich konnte sie Miss Blackmore weiterhelfen.

3 Vorläufer der Fotografie

4

Freitag, 21. Juni 1889

Wie verabredet harrte Josephine abends in der Nähe des Hauses mit der blauen Eingangstür in der Paddenswick Road aus, in dem die Blackmore-Geschwister lebten. Natürlich war es zu auffällig, direkt vor dem Gebäude herumzulungern, deshalb stand Josephine auf der gegenüberliegenden Straßenseite und tat so, als sei sie in die Betrachtung der Waren im Schaufenster eines Hutmachers vertieft: Zylinder, Ballonmützen aus grobem Tweed, aber auch ausladende Damenhüte mit weiten Krempen und allerlei Putz aus schimmerndem Stoff. Hin und wieder sah sie sich nach dem Haus um, denn es war bereits zu dunkel, als dass sie die Fensterscheibe des Hutgeschäfts wie einen Spiegel hätte nutzen können.

Passanten gingen an ihr vorüber; ein Mann in verdreckter Arbeitskleidung, eine Frau in einem graublauen Kattunkleid, die einen großen Korb trug. Eine weitere Frau kam mit einem halbwüchsigen Mädchen vorbei, später ein älterer Mann mit einer Brille.

Schließlich trat ein junger Mann durch die blaue Haustür. Das musste er sein: Das hagere, längliche Gesicht erkannte sie von der Abbildung wieder, die Miss Blackmore ihr gezeigt hatte. Es stimmte, er sah jung aus für seine siebzehn Jahre. Das Gesicht verbarg er halb unter einer Mütze. Er trug lässige, aber gepflegte Kleidung und hatte seine Schuhe so sehr poliert, dass sie glänzten.

Eddy Blackmore schien es eilig zu haben; mit raschen, energischen Schritten ging er die Straße entlang. Josephine folgte ihm auf der anderen Straßenseite. Er bog in die Station Hammersmith ein. Sie musste sich beeilen, um eine Karte zu kaufen und ihn gleichzeitig nicht aus den Augen zu verlieren. Er stieg in die District Line. Josephine fand noch einen Platz im gleichen Waggon der dritten Klasse.

In Paddington verlor sie ihn im Gewimmel der Leute, die nach ihrem Arbeitstag nach Hause strebten, fast aus den Augen. Eddy stieg um in die Circle Line. Der Waggon war voll, ihr blieb nichts weiter übrig, als sich in seiner Nähe hinzusetzen. Um ihm so wenig wie nur möglich aufzufallen, griff sie nach dem Groschenroman in ihrer Handtasche und vertiefte sich zum Schein in die Lektüre der Liebesschnulze. Ein, zwei Mal wagte sie einen Blick in seine Richtung. Er zupfte sich immer wieder am Kragen, schob seine Mütze herum und strich sich über einen nicht vorhandenen Bart. Warum war Eddy Blackmore so nervös?

Der Zug rumpelte nur schwach beleuchtet durch den dunklen Underground-Schacht, sie wurde dabei hin und her geschüttelt. Dennoch starrte sie auf den Groschenroman, als würde sie ihn lesen, obwohl es dazu in diesem Abteil nicht hell genug war. Um sie herum saßen und standen Arbeiter mit schlammverschmierten Schuhen, Frauen und Kinder, dazwischen auch ein angeleinter Hund, der leise winselte. Im Waggon vermischten sich die Ausdünstungen der Menschen mit einem Geruch nach Leder, heißem Metall, Rauch und Ruß. Die weißhaarige Frau neben ihr umgab ein starker Duft nach Lavendel. Aus dem Augenwinkel beobachtete sie Miss Blackmores Bruder, während sie weiter vorgab zu lesen.

Eddy verließ den Zug in der Station Great Portland Street. Rasch stand Josephine auf, beim Aussteigen verhedderte sie sich mit dem Rocksaum in der Tür. Erschrocken hörte sie, wie der Stoff riss. Was für ein Ärger, aber darum würde sie sich später kümmern müssen. Zum Glück war der Riss nicht allzu lang und würde nur einem aufmerksamen Beobachter auffallen.

Wo war der junge Blackmore abgeblieben? Hektisch sah sie sich um, konnte seine Ballonmütze aber nirgends entdecken. In der Station waren noch einige andere Männer mit solchen oder ähnlichen Kopfbedeckungen unterwegs, was ihre Suche erschwerte.

Da, an der Eingangstür! Er hatte die Mütze abgenommen. Sein Haar war dunkler als das seiner Schwester, wenn auch nicht so dunkel wie Josephines. In diesem Moment sah er direkt in ihre Richtung, seine Augen bohrten sich direkt in ihre. Mist, sie hatte nicht aufgepasst. Rasch wandte sie den Blick ab, tat so, als würde sie sich mit dem Verschluss ihrer Handtasche abmühen. Als sie wieder aufsah, war er verschwunden.

Hastig verließ sie die Eingangshalle der Underground Station, sah sich draußen um und entdeckte ihn gerade noch, ehe er hinter einer Straßenbiegung verschwand. Aber sie kannte sich hier nicht aus. Wohin war er unterwegs?

Diese Gegend hier, in der ihr vor allem Wohnhäuser und vereinzelt auch Geschäfte auffielen, war mindestens vier Meilen von Hammersmith entfernt. Wollte er sich hier mit Freunden treffen und einen Pub besuchen? Aber das Central Telegraph Office, in dem er arbeitete, lag noch weiter südlich von hier, in der Nähe der großen alten St. Paul's Cathedral.

Alles nicht gerade in der Nachbarschaft der Great

Portland Street, in der Eddy nun zielstrebig weiterging und sich weder nach links noch nach rechts umsah. Zum Glück waren hier noch Passanten unterwegs, so dass die Geräusche ihrer Absätze kaum auffielen, während sie sich bemühte, mit ihm Schritt zu halten, ohne zu sehr aufzuschließen.

Schließlich gelangten sie in eine breitere Straße, doch dieser folgte Eddy nicht lange, sondern bog schon bald nach rechts ab. Josephine sah ein Schild an einer Hauswand: „Cleveland Street". Wie lange würde Eddy denn noch zu Fuß unterwegs sein? Sie schaute sich um. Diese Straße sah nach Mittelklasse aus: einzelne Geschäfte, Läden, Wohnhäuser, nichts Vornehmes. Vor einem Haus weiter unten in der Straße blieb Eddy plötzlich stehen. Direkt gegenüber befand sich ein großes Krankenhaus, wie ein Schild zeigte — „Middlesex Hospital". In der Dämmerung, die allmählich einsetzte, wirkte es ein wenig düster und wenig vertrauenerweckend, aber dieser Eindruck mochte täuschen.

Josephine war etwa hundert Yards[4] von Eddy entfernt. Ein wenig Licht drang aus den Fenstern des vierstöckigen Gebäudes, vor dem er stand; es malte schmale, helle Flecken auf seine Gestalt, als er sich der Eingangstür näherte. Er klingelte und wartete. Jemand öffnete ihm die Tür, aber von ihrer Position konnte Josephine denjenigen nicht erkennen.

Einen Moment lang schien Eddy mit jener Person zu sprechen, dann verschwand er im Haus. Josephine wartete sicherheitshalber noch ein wenig. Doch Miss Blackmores Bruder kam nicht wieder heraus, ebenso wenig wie andere Leute. Vorsichtig kam sie näher. Sie

4 englisches Längenmaß, entspricht 0,9144 Metern

musste sich unbedingt die Hausnummer merken. Cleveland Street Nummer 19.

Die Fenster ließen keine neugierigen Blicke zu — der schwache Lichtschein drang durch die Spalten schwerer Gardinen. Josephine betrachtete die Häuser links und rechts; eines lag vollständig im Dunkeln, die Fensterläden waren geschlossen. Offenbar stand es gerade leer. Das andere entpuppte sich durch ein kleines Schild im Vorgarten als ein Schwesternheim, gewiss für die Krankenschwestern des Middlesex Hospitals. Daneben waren mehrere Häuser offensichtlich abgerissen worden, aber auf einer der Flächen wurde wohl gerade neu gebaut, denn hier lag allerhand an Baumaterial und es gab eine tiefe Baugrube, vermutlich für den Keller des Hauses, welches hier geplant war.

Für Josephine gab es keine Möglichkeit, von hier aus unauffällig das Haus Nr. 19 zu beobachten. Hätte die Baustelle direkt an das Haus gegrenzt, vielleicht, aber so … Sie sah Licht in dem Schwesternheim. Wenn jemand aus dem Fenster sah, würde er sie hier stehen sehen; keine gute Idee, hier herumzulungern. Sie lauschte auf Geräusche aus dem Gebäude, in dem Eddy verschwunden war. Doch es drang nichts nach draußen. Was immer der junge Blackmore hier machte, würde an diesem Abend wohl sein Geheimnis bleiben. Aber immerhin hatte sie jetzt eine Adresse, die sie seiner Schwester nennen konnte. Nachdenklich wandte sie sich mit raschen Schritten in der einsetzenden Dämmerung heimwärts.

5

Sonntag, 23. Juni 1889

„Ich habe keine Ahnung, warum Eddy freitags in die Cleveland Street gehen sollte. Ob er dort Bekannte hat? Aber das kann ich mir nicht vorstellen, wen sollte er dort kennen?" Constance Blackmore zuckte mit den Achseln und nippte an dem Tee, den Josephine für sie beide an diesem Sonntagvormittag zubereitet hatte.

„Ich konnte leider nicht erkennen, mit wem er gesprochen hat. Und ich wollte nicht einfach bei einem fremden Haus klingeln – was hätte ich denen dort sagen sollen, ohne aufzufallen?", erklärte sie ihrem Gast.

„Natürlich." Constance machte einen verzagten Eindruck. Gedankenverloren strich sie über das Muttermal am Mundwinkel. Ein Makel, der ihr Gesicht nicht entstellte, sondern ihrem Mund vielmehr einen sinnlichen Zug verlieh. „Wissen Sie, die Arbeit als Telegrammbote ist für einen jungen Mann nicht ungefährlich in dieser Stadt. Ich meine, wie leicht kann man an zwielichtige Leute oder in schlechte Gesellschaft geraten?"

„Sie vermuten, das seltsame Verhalten Ihres Bruders könnte im Zusammenhang mit seiner Tätigkeit stehen? Das könnte natürlich sein. Hegen Sie diesbezüglich eine bestimmte Vermutung?"

Constance stellte ihre Teetasse ab. „Ich weiß es ehrlich nicht. Eddy ist ein herzensguter Mensch, das müssen Sie mir glauben. Aber es sind doch auch schon ehrbare Leute vom rechten Weg abgekommen … Mein

Bruder und ich verdienen beide nicht besonders gut. Es reicht so gerade eben für uns beide und die Miete, aber manches Mal wird es schon knapp mit dem Geld. Er wird pro zugestelltem Telegramm bezahlt. Das sind pro Woche zehn bis elf Shilling. Er hofft natürlich auf eine spätere Beförderung, zum Postbeamten. Aber das wird natürlich noch dauern."

Josephine strich sich übers Haar. Alle möglichen mehr oder weniger kriminellen Aktivitäten fielen ihr ein, die einem Telegrammboten reizvoll erscheinen könnten, der mit so wenig Geld in der Woche auskommen musste: Taschendiebstahl. Illegales Glücksspiel. Riskante Wetteinsätze auf Pferderennen. Oder auch illegale Kämpfe aller Art. Boxen. Hahnenkämpfe. Schließlich fielen ihr die jungen Männer ein, die oft am Piccadilly Circus standen und Herren ansprachen.

Sie warf Constance einen raschen Blick zu. Alle diese Vermutungen wollte sie ihrem Gast gegenüber lieber nicht äußern. Noch nicht. Aber eines war ihr klargeworden: Ihre Neugier war geweckt. Sie selbst wollte wissen, was Eddy Blackmore trieb. Sie nahm Anteil an dem Leben dieser beiden. Josephine hatte noch nie still sitzen können, wenn jemand Hilfe brauchte. Außerdem hatte sie eine Schwäche für Rätsel. Aber ob sie dieses lösen konnte? „Ich werde mich einmal umhören, ob ich etwas herausfinde über dieses Haus in der Cleveland Street. Wer dort wohnt. Aber ich kann Ihnen nichts versprechen."

„Ich hatte gerade noch eine andere Idee. Würden Sie vielleicht meinen Bruder einmal …" Ihre Besucherin verstummte, zupfte an einer verirrten Haarsträhne. „Ach, es fällt mir schwer, es überhaupt zu sagen, ich habe schon ein ganz schlechtes Gewissen ihm gegenüber."

Josephine schenkte ihr ein aufmunterndes Lächeln. „Nur heraus damit."

Miss Blackmore zögerte. „Würden Sie ihn einmal … bei der Arbeit beobachten? Beobachten, wo er hingeht und ob er sich vor oder nach der Arbeit mit jemandem unterhält, egal wer es ist?"

Das klang nach einer Menge Lauferei. Nicht, dass sie dem abgeneigt war, aber sie musste auch an ihr Schreibpensum denken. „Sie machen sich wirklich sehr große Sorgen um ihn, nicht wahr?"

Miss Blackmore verzog das Gesicht. „In der Tat. Er ist alles an Familie, was ich noch habe, wenn ich unseren Vater nicht mitzähle."

Nach diesen Worten musste Josephine nicht mehr lange überlegen. „In Ordnung, ich beschatte Ihren Bruder bei seiner Arbeit. Aber ich kann noch nicht einschätzen, wie lange das dauern wird. Und parallel schaue ich, ob ich noch anderswo mehr über das Haus in der Cleveland Street herausfinden kann."

Sie empfand Mitgefühl mit ihrem Gegenüber, denn die Sorge um ihren Bruder stand Miss Blackmore deutlich ins Gesicht geschrieben. Einem plötzlichen Impuls nachgebend, legte Josephine ihre Hand einen winzigen Moment lang auf die ihres Gastes. „Ich möchte Ihnen wirklich gern helfen, wenn ich kann."

Miss Blackmore zuckte weder zurück noch nahm sie ihre Hand weg. Stattdessen lächelte sie und stieß ein kleines erleichtertes Seufzen aus. „Danke. Das ist sehr freundlich von Ihnen, Miss Murray. Wann hätten Sie denn Zeit für solch eine … wie sagt man? Beschattung?"

Josephine überlegte kurz. „Am Dienstag würde es mir gut passen."

„Das freut mich. Ich habe übrigens ein Maßband mitgebracht und mein Notizbuch. Ich könnte heute Ihre Maße nehmen, damit ich mich später bei Ihnen mit einem maßgeschneiderten Kleid bedanken kann für Ihre Hilfe.“

„Sehr gern. Geht es denn so – mit der Kleidung, die ich trage?“

„Gewiss.“

Miss Blackmore holte ein langes aufgerolltes Band aus ihrer Tasche und notierte sich nach und nach Josephines Maße. Josephine wurde rot, als die Schneiderin ihre Brust ausmaß.

Die zarte Berührung hinterließ ein Kribbeln auf der Haut unter der Bluse, ein Schauer lief ihr über den Rücken. Vermutlich lag es daran, dass sie sonst nie von anderen Menschen berührt wurde, außer beim Tanztee in Lady Thelmas Club. Sie war schon eine Weile nicht mehr dort gewesen.

„Welche Farbe soll das Kleid denn haben?”, fragte Miss Blackmore und rollte das Maßband auf.

„Zu welcher Farbe würden Sie mir raten?”

„Ein pastellfarbenes Lavendel-Lila würde Ihnen gut stehen, schätze ich. Oder ein Tauben-Blaugrau, das würde zu Ihren Augen passen. Ein dunkles Waldgrün wiederum würde sich auch gut manchen, denke ich.”

Sie unterhielten sich noch eine Weile über den Stoff und weitere Details des Kleides. Miss Blackmore zeigte ihr verschiedene Schnitte aus Modemagazinen und einige Stoffproben aus dem Laden, in dem sie arbeitete. Josephine genoss die Unterhaltung mit ihr sehr und konnte sich an den wundervollen Kleidern im Magazin kaum sattsehen.

Allerdings fragte sie sich, ob ihre „Ermittlungen" wohl dem Gegenwert einer solchen Maßanfertigung entsprachen.

*

Detective Inspector Gleeson sprach mit der Madam[5] des Bordells, in dem das Opfer wohl des Öfteren tätig gewesen war. Er gab sich als Freier aus, denn niemand hier würde freiwillig mit der Polizei sprechen.

„Mir wurde Sophie von einem Bekannten empfohlen", behauptete er. „Ist sie heute hier?"

„Nein, Sir, da muss ich sie enttäuschen. Sophie ist schon seit zwei Wochen nicht mehr hier gewesen."

„Oh, warum das denn nicht?", fragte er und gab seiner Stimme einen ehrlich enttäuschten Klang.

Die korpulente brünette Frau, deren überdimensionierte Brüste fast zur Hälfte aus dem Ausschnitt ihres schimmernden weinroten Kleides quollen, gab ein freudloses Lachen von sich. „Ach, wer weiß schon, was in den Köpfen dieser jungen Dinger vor sich geht? Vielleicht hat sie sich eine andere Arbeitsstelle gesucht oder will unabhängig von uns arbeiten."

„Das ist sehr schade. Ich bin extra wegen ihr hierher gekommen", erklärte Gleeson. „Wegen der Empfehlung meines Bekannten. Hatte Sophie denn Ärger hier?"

„Ich wüsste nicht, was Sie das angeht", versetzte die Madam, die ihn nun argwöhnisch musterte.

„Ach, nichts für ungut, ich war nur neugierig." Ob es helfen würde, wenn er mit einer der anderen Prostituierten sprach? Vielleicht konnte ihm eine von denen mehr über das unglückselige Mordopfer erzählen.

5 Historische englische Bezeichnung für eine Bordellbetreiberin

„Welches Ihrer Mädchen können Sie mir denn empfehlen?", fragte er.

„Nun, das kommt ganz darauf an, was Sie für Vorlieben haben, Sir", erwiderte die Madam mit einem anzüglichen Lächeln.

6

Dienstag, 25. Juni 1889

Was für ein verregneter Morgen! Josephine nahm ihren leicht ramponierten Regenschirm mit und zog ihren anthrazitfarbenen Mantel über ein schlichtes, dunkelblaues Kleid. Sie wollte so wenig auffallen wie möglich, soweit das mit ihrer Größe möglich war. Eine schon etwas ältere Zeitung wanderte in ihre Handtasche. An diesem Tag verzichtete sie auf Schminke, entfernte sich aber die Gesichtshaare sorgfältig wie immer mit dem Rasiermesser und begutachtete wenig später zufrieden ihr Werk im Spiegel.

Diesmal verfolgte sie Eddy von dessen Haustür in Hammersmith bis zum General Post Office. Die dunkelblaue Uniform mit den roten Streifen und der kleinen Kappe stand ihm gut und zeichnete ihn deutlich sichtbar als Telegrammboten im städtischen Dienst aus. Er stieg in einen Zug der Metropolitan Railway. Sie folgte ihm in das Abteil. Eddy sprach mit niemandem, vertiefte sich stattdessen in ein schon etwas zerlesenes Penny Dreadful mit dem Titel „Varney the Vampire", das er mit gerunzelter Stirn und äußerster Konzentration las, wie es schien.

Eddy Blackmore hat also eine Schwäche für Schauergeschichten? Weiterhelfen tat ihr diese Erkenntnis nicht. Schauergeschichten waren weithin beliebt, bei jungen Leuten ebenso wie bei älteren. Die Londoner waren ein abergläubisches Volk … viele Gebäude in der Stadt wurden mit Geistererscheinungen in Verbindung gebracht. Spiritistische Séancen waren der letzte Schrei, zumindest nach dem, was sie in Lady Thelmas Club gehört hatte. Josephine selbst hielt es da eher mit dem gesunden Menschenverstand. Den legte auch der Detective Inspector in ihren Krimigeschichten an den Tag, wenn er Verbrechen aufklärte.

Josephine versteckte sich hinter der mitgebrachten Zeitung und kämpfte gegen ihre Müdigkeit an, denn es war früher als zu ihrer gewohnten Aufstehzeit.

Von der Farringdon Station aus ging Eddy zu Fuß. Im Regen, ohne Schirm. Aber immerhin ja mit einer Kappe auf dem Kopf. Das war auch für sie gut, denn die Kappe war so auffällig zwischen den anderen Kopfbedeckungen der vorbei eilenden Passanten, dass sie ihn leichter verfolgen konnte. Da, ein weiterer Telegrammbote in Uniform kam direkt auf ihn zu. Sie war nun dicht genug, um zu hören, was die beiden miteinander redeten.

„He Blackmore! Wie gehts?"

„Alles gut, Newlove. Und bei dir?"

„Alles bestens. Aber ich kann nicht sitzen heute, mein Hintern tut mir weh." Newlove lachte. „Noch von gestern Abend, weißte? Na, zum Glück muss ich bei der Arbeit nicht sitzen."

Josephine spitzte die Ohren, während sie den beiden weiter folgte und ihr Gesicht unter dem Regenschirm verbarg. Es nieselte nur, was gut war, denn wenn stärkerer Regen auf ihren Schirm geprasselt wäre, hätte sie die leise Unterhaltung der beiden Jugendlichen kaum verstehen können.

„Kommste Freitag wieder, nach der Arbeit? Der Hausherr hat schon nach dir gefragt. Und der Hübsche mit dem Schnurrbart, der sich Simmons nennt. Ich wette, das ist nicht sein richtiger Name, aber ist ja auch egal. Und lass dir nicht von Jack die Stimmung vermiesen, falls der wieder da ist. Der ist nur angepisst, weil wir jünger sind als er. Der ist doch bestimmt schon dreißig."

Josephine sträubten sich die Haare. Illegales Glücksspiel, Drogen, Kampfwettbewerbe und Wetten konnte sie damit vermutlich ausschließen. Eddy Blackmore beschäftigte sich offenbar mit dem, was auch diese jungen Männer am Piccadilly Circus trieben, wenn sie dort Herren mit speziellen Vorlieben aufgabelten. Wo in aller Welt war der junge Mann nur hineingeraten?

Sein Kollege und er bogen in die Aldersgate Street ein. Hier befand sich das neue Postgebäude, während das ältere südlich davon lag. Der Jugendliche, den Eddy mit „Newlove" angesprochen hatte, wechselte das Thema, sprach von unverfänglichen Dingen. Beide verschwanden kurz darauf im Gebäude. Josephine folgte ihnen, doch das brachte nichts, denn die beiden waren nicht mehr zu sehen. Sie stellte sich auf eine längere Wartezeit ein.

Eine halbe Stunde später sah sie Eddy aus dem Postgebäude eilen. Auch andere Telegrammboten verließen das Gebäude, sie verteilten sich in alle Richtungen. Newlove war nicht unter ihnen. Mit forschen Schritten machte sich Miss Blackmores Bruder auf den Weg. Eine Zeitlang gelang es ihr, ihm zu folgen, doch später, im Gewühl der langgezogenen und geschäftigen Fleet Street, die voller Menschen war, verlor sie ihn aus den Augen. *So ein Pech.* Aber immerhin hatte sie durch das kurze belauschte Gespräch neue Anhaltspunkte gefunden. Aber wie sollte sie das bloß seiner Schwester beibringen? Die arme Miss Blackmore. Wie würde sie auf diese Nachricht reagieren? Sie musste es ihr so schonend wie möglich erklären.

Josephine sah auf ihre Taschenuhr. Es war noch früh. Sie könnte ihrem Verleger hier einen Besuch abstatten. Aber dazu gab es an diesem Tag keinen Anlass. Stattdessen ging sie die Fleet Street und The Strand hinunter, ließ sich durch die Menschen treiben, die hier unterwegs waren, schaute im Vorübergehen in die Schaufenster der Geschäfte, die mit bunten Reklametafeln und dekorativ aufgestellter Ware um Kundschaft warben. Vorbei an den Druckereien und Pressehäusern, den Buchhandlungen und anderen Läden. Der Regen hörte auf, sie schüttelte die Tropfen von ihrem Schirm ab und klappte ihn zusammen.

In etwas mehr als einer halben Stunde erreichte sie die große Kreuzung am Piccadilly Circus. Das hier war eine beliebte Gegend, hier gab es unter anderem neben zahlreichen Geschäften seit mehreren Jahren das Criterion Theater und eine Music Hall. Ohne Mühe fand sie in der Nähe den etwas abseits gelegenen Platz wieder, an dem die Strichjungen nach Kundschaft Ausschau hielten.

Zwei oder drei Jahre war es her, da war ihr einer von denen zum ersten Mal aufgefallen. Der war gewiss höchstens fünfzehn gewesen, das hübsche Gesicht voller Sommersprossen, und an einem Schneidezahn fehlte ein Stück, was deutlich zu sehen war, als er einen Herrn ansprach, der unschlüssig zu ihm herübersah. „Suchen Sie jemanden, Sir?"

Sie hatte die Unterhaltung damals mit angehört, tat dabei aber so, als sei sie ganz in die Schaufensterauslage vor ihr vertieft. Das Zögern des Mannes, vorsichtige Nachfragen, alles in Worte gekleidet, die ganz harmlos und unverfänglich wirkten und die eigentliche Absicht verbargen. Wenig später verzogen sich die beiden.

Immer, wenn Josephine später an diesem Ort am Piccadilly Circus vorbeigekommen war, hatte sie hier Strichjungen gesehen. Manche sahen sehr gepflegt aus, andere weniger. Es schien wie ein offenes Geheimnis zu sein, dass man sie hier fand.

Ein junger Mann mit einer Tweed-Jacke und einer Ballonmütze starrte sie an. Sie starrte ganz undamenhaft zurück und ging auf ihn zu. Neben ihm unterhielten sich zwei Jugendliche leise, unterbrachen ihr Gespräch allerdings, als sie auf sie zukam.

„Guten Tag”, sagte sie mit ihrer tieferen Stimme. Das war ungewohnt, sie hatte sich so sehr daran gewöhnt, höher zu sprechen. Aber es musste sein.

„Guten Tag…”, sagte der Kerl mit der Ballonmütze zögernd und betrachtete sie aus schmalen Augen.

Sie senkte die Stimme. „Du kennst nicht zufällig ein Haus in der Cleveland Street? Ich habe davon gehört, dass es dort gut sein soll.” Das war natürlich ein Schuss ins Blaue, aber irgendwo musste sie ja anfangen.

„Ich war noch nicht da”, antwortete er. „Ich hab nur davon gehört. Aber was wollen Sie denn dort? Ich weiß einen anderen guten Ort, wo man sich vergnügen kann.”

„Nichts für ungut, aber der interessiert mich nicht.” Sie kramte in ihrer Tasche und zeigte ihm eine Münze. „Die ist für dich drin, wenn du mir mehr über das Haus in der Cleveland Street erzählst.”

Einer von den beiden anderen Jugendlichen räusperte sich. „Ich war da mal, vor ein paar Wochen.” Er streckte die Hand nach der Münze aus. Josephine schüttelte den Kopf. „Erst möchte ich mehr darüber hören, bitte.”

„Lassen Sie uns woanders hingehen, ja? Wo weniger Ohren sind."

Der Stricher mit der Mütze sah genervt drein und verschränkte die Arme. Josephine musterte den Jugendlichen, der sie angesprochen hatte. Seine helle Haut war voller rötlicher Sommersprossen und seine Kleidung wirkte abgetragen. Wo wollte er mit ihr hin, war die Frage. Dann erinnerte sie sich daran, was sie für Notfälle immer in der Tasche hatte. Es gab ihr ein Gefühl von Sicherheit, aber sie fragte lieber nach. „Sind dort noch andere Ohren, außer unseren?"

„Nö. Nicht um diese Uhrzeit."

„Na schön. Dann komme ich mal mit."

Der Stricher führte sie quer durch Piccadilly gen Norden. „Schöner Tag heute, nicht wahr?", fragte er im Plauderton. „Ja, der Regen hat aufgehört." Sie umklammerte ihren Regenschirm, während sie ihm folgte. Im Zweifelfall konnte sie das Gerät zur Verteidigung einsetzen. Sie liefen bis nach North Soho, zu einem Wohnhaus, das reichlich heruntergekommen wirkte. *Na großartig. Was um Himmels Willen machst du hier, Josephine?*

Immerhin, ihr Begleiter schien nicht zu viel versprochen zu haben, denn die Bewohner des Hauses waren wohl tatsächlich alle ausgeflogen. Er führte sie in eine winzige Dachwohnung, deren Möblierung aus kaum mehr als einem Stuhl, einem wackligen Tisch und einem Bett mit einer leicht mottenzerfressenen Tagesdecke bestand.

Ohne Umstände kam er zur Sache, deutete auf das Bett. „Wie wollen's Sie denn haben, Miss? Oder soll ich sagen, Mister?"

„Setz dich", forderte sie ihn auf.

Er kam der Aufforderung mit einem schmierigen Grinsen nach, das wohl verführerisch wirken sollte.

„Erzähl mir was von dem Haus in der Cleveland Street. Ich habe schon so viel Gutes darüber gehört, aber ich will wissen, ob es dort diskret ist."

Sie nahm die Münze aus ihrer Handtasche. „Die bekommst du anschließend."

„Echt? Ich meine, Sie wollen jetzt nur was über das Haus hören? Keine … na Sie wissen schon?" Er machte eine obszöne Geste.

Josephine schüttelte den Kopf. „Nicht heute", behauptete sie. Die Münze, auf die er bereits begierlich schaute, hielt sie weiter in der behandschuhten Hand.

„Ja, also … das ist ‘n richtig vornehmer Laden. Allein schon die Einrichtung, das sieht aus wie bei reichen Leuten. Naja, ich mein’, so stell ich mir das vor, bei reichen Leuten. Mich hat neulich ein Gentleman am Piccadilly angesprochen und da mit hingenommen. Hat dort ein Zimmer gemietet für, ich glaub, das war ungefähr ‘ne Stunde. Der Hausherr hat dann Geld von ihm bekommen und ich hab ihm’s gut besorgt. Das war fein. Ich bin dann später noch mal hin, hab gefragt, ob ich den Abend dort anschaffen könnte. Die anderen Jungs da haben blöd geguckt, aber der Hausherr meinte, das ginge schon klar."

Josephine schluckte. „Wie viele Jungen waren denn da?"

„An dem Abend waren das fünf, also mit mir sechs. Aber das waren nich’ alles Jungen, einer war schon älter, ich schätz mal, um die dreißig. Der hatte ‘nen irischen Akzent. Jack hieß der. Naja, ich weiß nich’, ob das sein richtiger Name is’. Jedenfalls, die Kundschaft da, das sind wohlhabende Leute. Also, das sieht man ja schon an'ner Kleidung und man riechts an den Duftwässerchen. Ich kenne ja niemanden da, ich denke mal, da sagen viele auch nich' den richtigen Namen. Is' ja auch nicht wichtig."

„Natürlich", erwiderte sie, als sei das selbstverständlich und musterte das schmale, sommersprossige Gesicht des Jugendlichen. „Was … was muss man denn tun, um da hinein zu kommen?"

Er zuckte mit den Achseln. „Naja, also wie gesagt, mich hat da 'n Gentleman mit hingenommen. Der kannte wohl den Hausherrn schon, jedenfalls kamen wir da ohne weiteres rein. Und ansonsten weiß ich nicht, wie man da so reinkommt. Vielleicht nur auf Einladung oder so. Weiß nicht, wie die feinen Herren das machen."

„Danke." Josephine gab ihm die Münze, die er in seiner Hosentasche verschwinden ließ. Sie überlegte kurz. Sollte sie das wirklich wagen? „Wie heißt du?"

„Ich heiß mit Nachnamen Tilman. Aber meine Freunde nennen mich Tilly. Und wenn sie mich ärgern wollen, sagen sie zu mir Sommersprossen-Tilly."

Ihr kam eine Idee. Mit verschwörerischer Miene blickte sie ihn an. „In Ordnung, Tilly. Hör mal zu, ich habe eine Idee, von der wir beide profitieren könnten…"

7

Freitag, 28. Juni 1889

Am folgenden Freitag kaufte Josephine sich in einem Metallwarenladen einen Sperrhaken. In sämtlichen Kriminalgeschichten, die sie bisher gelesen hatte, tauchte früher oder später fast immer eine Szene auf, in der eine Tür ohne Schlüssel geöffnet werden musste. Vielleicht konnte es nicht schaden, ein solches Werkzeug zu besitzen – nun da sie sich detektivisch betätigte.

„Wofür brauchen Sie das, Miss?", erkundigte sich der Verkäufer beiläufig.

Sie lachte verlegen. „Ach, ein Bekannter meinte, dieses Gerät wäre hilfreich, falls man seinen Haustürschlüssel verliert. Ich bin manchmal ein bisschen zerstreut."

„In dem Fall ist es vielleicht das Beste, wenn Sie den Dietrich immer dabei haben." Er deutete auf ihre Handtasche.

„Danke, das ist eine gute Idee", erwiderte sie lächelnd.

„Soll ich Ihnen die Funktionsweise erklären, Miss?"

„Sehr freundlich von Ihnen."

„Ich kann Ihnen das hier an dieser Tür erklären." Er wies auf eine Hintertür im Laden, die er mit einem Schlüssel abschloss, der an einem Haken an der Wand hing. „Diese Tür verfügt über ein handelsübliches Buntbartschloss, wie die meisten Türen. Diesen Sperrhaken können Sie im Idealfall hineinstecken wie einen

Schlüssel und dann einfach umdrehen." Er machte das vor, doch es klappte nicht. „Aber wie Sie sehen, in diesem Fall funktioniert es nicht, und das ist bei den meisten Türschlössern so.

Deshalb zeige ich Ihnen nun, was Sie dann tun können. Drehen Sie den Sperrhaken mit dem sogenannten „Bart" nach oben, im Winkel von 90 Grad und dann müssen Sie sich weiter ins Schloss hineintasten." Er stocherte mit dem Draht in der Öffnung herum. „Dabei müssen Sie innen eine Feder hochdrücken, zugleich den Schließmechanismus ertasten und diesen umdrehen – sehen Sie, so." Sie hörte ein leichtes Geräusch. Der Verkäufer nahm den Sperrhaken aus der Tür und öffnete sie mit einem triumphierenden Lächeln.

„Vielen Dank für die Demonstration, Sir." Josephine nahm sich vor, zu Hause zu üben. Es konnte nicht schaden. Und falls sie tatsächlich einmal ihren Schlüssel vergessen sollte, war dieser Sperrhaken äußerst praktisch.

***

Abends traf sie sich mit Tilly direkt vor dem Eingang des Hauses in der Cleveland Street Nummer 19. Sie hatte sich ihr freizügigstes Kleid angezogen und Schminke aufgelegt, die Haare ordentlich frisiert. Allerdings war ihr mulmig zumute, denn sie hatte keine Ahnung, was sie erwarten würde. Hoffentlich wurde der Bursche hier wieder erkannt und sie zusammen mit ihm eingelassen.

Tilly kam kurz nach ihr die Straße heruntergeschlendert und tippte sich grüßend an die Mütze, als er vor ihr stand. „Schön, Sie wiederzusehen, Miss.”

Höflich war er, das musste sie ihm lassen.

„Ebenso, Tilly”, erwiderte sie. Auf ihr Klingeln hin öffnete ihnen ein gut aussehender Mann von ungefähr Mitte Dreißig, dessen Haare sich allerdings schon lichteten. „Guten Abend“, sagte er abwartend.

„Guten Abend, Mister Hammond“, erwiderte Tilly. „Erinnern Sie sich noch an mich? Ich hab … eine Freundin mitgebracht.“ Überflüssiger Weise wies er auf sie.

„Kommt erst einmal herein.“ Mister Hammond blickte links und rechts auf die Straße, während sie an ihm vorbei ins Haus gingen. Er blieb mit ihnen im Flur stehen und wandte sich an Tilly. „Mein Club ist nur für Gentlemen, das solltest du doch wissen.“

„Ich bin keine gewöhnliche Dame, Sir“, sagte Josephine mit tiefer Stimme.

Auf Hammonds Gesicht breitete sich langsam ein verstehendes Lächeln aus. „Ah, verzeihen Sie, mein Fehler. Vielleicht sollte ich mir mal eine Brille zulegen. Herzlich willkommen. Hat Tilly Sie auf dieses Haus aufmerksam gemacht?“

„Nein, ein anderer Herr hat mir davon erzählt.“

„Hat er ihnen meine Karte gegeben?“, fragte Hammond.

Josephine nahm ihren Hut ab, um einen Moment Zeit zu gewinnen. „Er hatte keine mehr, sonst hätte er mir gewiss eine gegeben.“

Hammond nahm ihren Hut entgegen und legte ihn auf eine Hutablage, die über den Garderobenhaken im Eingangsbereich angebracht waren. „Wie heißt ihr Bekannter denn, wenn ich fragen darf?“

Da hatte sie sich mit ihrer Lüge ja schön selbst hineingeritten. Also blieb nur eine Ausflucht. „Nichts für ungut, aber ich kenne Ihren Club ja noch nicht näher, und möchte lieber aus Gründen der Diskretion darauf verzichten, Ihnen den Namen des Gentlemans zu nennen."

Er zögerte, musterte sie einen Moment lang, ehe er ihr ein joviales Lächeln schenkte. „Wie Sie wünschen. Wie darf ich Sie denn ansprechen?"

Josephine überlegt kurz. Dann fiel ihr eine Heldin aus einer ihrer Liebesschnulzen ein. „Esmeralda."

„Entzückend." Hammond führte sie jetzt in einen großen Salon, der fürstlich eingerichtet war. Tilly hatte nicht zu viel versprochen: Dresdner Porzellan auf dem Kaminsims und in Form von dekorativ bemalten Tellern an den Wänden neben mehreren Ölgemälden, schwere Samtvorhänge an den Fenstern, außerdem komfortables und zugleich edles Mobiliar mit weichen Polstern.

Ein dunkel glänzendes Klavier stand in einer Ecke, in einem Vogelkäfig zwitscherten einige Kanarienvögel. Die Sessel und Chaiselongues wurden frequentiert von mehreren Herren, aber auch Jugendlichen. Josephine erblickte den Jungen, den Eddy mit „Newlove" angesprochen hatte. Der saß auf dem Schoß eines Mannes mit einem akkurat zurechtgestutzten Backenbart.

Sie sah auch einen Mann von ungefähr dreißig, der grelles Rouge im Gesicht trug und ein Kleid, das seinem Schnitt nach zu urteilen, gewiss schon fünf Jahre oder älter war. Das wellige Haar des Mannes war allerdings kurz. Eine verwandte Seele, oder einfach ein verkleideter Mann?

Gläser mit Wein und Champagnerflaschen standen auf den Beistelltischen. Zwei Gentlemen rauchten Zigarre, standen in ein Gespräch vertieft am Kamin. Ihre Kleidung zeigte mehr als deutlich, dass sie zur Oberschicht gehörten. Josephine sah sich um. Und da war er – Eddy Blackmore, ausgerechnet in seiner Telegrammboten-Uniform. Er sah zu Tilly und ihr herüber. Sie lächelte ihn an, als sich ihre Blicke trafen. Vielleicht ergab sich die Gelegenheit, mit ihm zu sprechen?

„Möchten Sie einen Raum für sich und Tilly mieten?“, fragte Hammond sie frei heraus. Dieser Herr kam offenbar gern schnell zur Sache.

„Ich würde gern erst einmal etwas trinken”, wich sie aus. „Hätten Sie einen Rotwein für mich?”

„Gewiss doch, wir haben einen guten Bordeaux da.”

Sie erinnerte sich daran, dass sie nicht allein hergekommen war. Tilly hatte seine Aufgabe, sie hier herein zu bringen, erfüllt. Aber sie musste den Schein wahren, solange sie hier war. Nur wie?

Sie wandte sich an Tilly. „Möchtest du auch ein Glas Rotwein?”

„Sehr gern … *Esmeralda*.” Ein weiteres schmieriges Grinsen von ihm.

Sie würde gewiss kein Zimmer hier mieten, nicht einmal für zehn Minuten mit ihm. Eigentlich hatte sie schon mehr als genug gesehen. Eddy war gewiss nicht als Telegrammbote hier, auch wenn er immer noch seine Uniform trug. Vielleicht gefiel diese spezielle Kleidung ja manchen der Herren hier? Sie stand ihm auf jeden Fall sehr gut zu Gesicht. Unter den Anwesenden war ein weiterer Mann, der eine Galauniform trug, vielleicht aus einem Infanterie-Regiment. Aber so genau kannte sie sich mit den entsprechenden Uniformen nicht aus, es hätte auch eine andere sein können.

Sie lächelte Eddy noch einmal zu, klimperte dabei mit den Wimpern und kam sich seltsam dabei vor. Junge Männer interessierten sie nicht. Ältere ebenso wenig. Es war ein sehr merkwürdig Gefühl für sie, einem Mann schöne Augen zu machen.

Nun sprach Hammond mit ihm. Eddy verließ den Raum. Sollte sie sich deswegen Sorgen machen? Aber nein, wenig später kehrte er mit einem Tablett zurück, servierte einem älteren Gentleman ein Getränk und brachte ihr mit einem höflichen „Guten Abend" den gewünschten Rotwein in einem Glas.

„Danke."

Eddy nickte ihr mit einem Lächeln zu.

„Magst du dich einen Moment zu uns setzen?", fragte sie ihn.

„Gern." Eddy setzte sich neben sie und Tilly auf die Chaiselongue.

Einen Augenblick später wurde sie von dem geschminkten Mann im Kleid angesprochen. „Guten Abend. Darf ich mich dazu setzen?"

Das hatte ihr gerade noch gefehlt. Aber das wollte sie sich nicht anmerken lassen. „Sicherlich."

„Ich bin Jack", sagte er frei heraus. In seinem Tonfall erkannte sie einen irischen Akzent. Das war dann wohl der Jack, von dem Tilly ihr berichtet hatte. Offenbar keine verwandte Seele, denn sonst hätte er gewiss einen Frauennamen genannt. Jack deutete auf den jungen Blackmore. „Und das hier ist Eddy." Der Ire im Kleid nahm ihnen gegenüber in einem Sessel Platz.

„Sehr erfreut, ich bin Esmeralda. Und das hier ist Tilly."

„Bist du zum ersten Mal hier?", fragte Eddy.

„Ja..." Sicher war es besser, ihnen etwas vorzuspielen. „Ich bin ziemlich nervös."

„Ach, das brauchst du nicht zu sein, Esmeralda", sagte Jack und schenkte ihr ein anzügliches Grinsen. „Du bist hier unter Freunden. Alles sehr diskret, mach dir keine Sorgen."

„Das ist es nicht. Ich bin ... schüchtern."

„Ach, wie reizend!" Er zog die Silben der einzelnen Worte übertrieben in die Länge. Es klang nach geheuchelter Begeisterung. „Hast du denn schon mal ... ich meine, bist du noch Jungfrau?"

Oh je. Das war eine Frage, die ihn nichts anging. Was sollte sie darauf nur antworten? Und was machte sie hier überhaupt noch? Sie war hier vollkommen fehl am Platz. Aber wenn sie überstürzt aufbrach, würde das für Misstrauen sorgen und dabei wollte sie doch so viel wie möglich über dieses Haus herausfinden. Also spielte sie weiter die Schüchterne, senkte den Blick wie vor Verlegenheit.

„Oh, es tut mir leid, ich wollte dich nicht noch mehr einschüchtern", sagte Jack und diesmal schien er es ernst zu meinen.

Sie hob den Blick, sah ihn an. „Gibt es hier denn viele Zimmer?"

„Ach, schon einige. Wenn du willst, leiste ich Tilly und dir nachher Gesellschaft, wenn ihr euren Wein ausgetrunken habt."

„Danke, aber nein. Ich möchte lieber mit Tilly allein sein", behauptete sie rasch. Wenn sie noch länger mit diesem Jack sprach, würde sie sich um Kopf und Kragen reden. „Gibt es das Haus hier schon lange?"

„Du meinst Hammonds Etablissement? Ja, schon eine Weile, soweit ich weiß. Ich kann dir aber kein Datum nennen. Er und seine Frau machen das alles hier möglich. Und mittlerweile haben sie beständig Kundschaft, aus ganz London. So wie heute Abend. Oder vielleicht auch mal von außerhalb. Hammond gibt guten Kunden immer gern seine Visitenkarte mit, und die geben sie dann weiter ... an Freunde mit ähnlichen Vorlieben. So läuft das hier. Und du siehst ja, es läuft gut. Sonst könnten die Hammonds sich das alles hier nicht leisten."

Das war der Beweis, nach dem sie gesucht hatte. Ein Bordell also, wie sie vermutet hatte. Und noch dazu eines von der edleren Sorte, ausschließlich für Männer. Glasklar, was Eddy hier trieb. Oder verdiente er sich hier nur etwas dazu, indem er Getränke servierte? Nein, nach dem was Jack angedeutete hatte, arbeitete Eddy hier auch im horizontalen Gewerbe.

In diesem Moment trat ein dunkelblonder Mann zu ihnen, der Eddy mit seinem Blick zu durchbohren schien. Sein Anzug war gewiss maßgeschneidert, der glänzende Stoff von der teuren Sorte. Der Gentleman trug einen sauber geschnittenen Lenkstangenschnurrbart mit hoch gezwirbelten Enden und hatte einen Schmiss an der rechten Wange. Vermutlich eine Verletzung vom Fechten?

„Guten Abend", sagte er. „Ich muss euch Eddy leider entführen, wir zwei sind verabredet. Komm, mein Lieber."

Miss Blackmores Bruder lächelte entschuldigend. „Schönen Abend noch."

Jack grinste anzüglich. „Den wünsche ich euch auch."

Eddy verließ nun mit dem blonden Herrn den Raum. Mit einer besitzergreifenden Geste legte dieser seinen Arm um ihn.

„Wo gehen die beiden hin?", spielte sie die Naive.

„Wie gesagt, hier gibt es einige Zimmer. Hast du nicht vielleicht doch Lust, mit mir und Tilly…"

Oh, es wurde wirklich Zeit für sie, einen Abgang zu machen. Den Wein hatte sie ausgetrunken. „Ach, ich fürchte … tut mir leid, aber mir ist nicht gut. Ich glaube, ich sollte lieber aufbrechen. Ich möchte mich ungern hier in diesem feinen Salon übergeben."

„Aber der Abend hat doch gerade erst angefangen", protestierte Tilly, während Jack das Gesicht verzog.

„Ich komme lieber ein anderes Mal wieder", erwiderte sie, zog ihre Geldbörse aus der Tasche und gab dem Strichjungen das versprochene Geld. „Ich werde mich bei Mister Hammond entschuldigen. Ich hatte mir den Abend auch anders vorgestellt. Tut mir leid, Tilly."

Der Junge zuckte mit den Achseln. „Schade. Wir zwei hätten bestimmt Spaß gehabt."

Jack stand auf. „Ja, ich finde es auch schade. Aber vielleicht sehen wir uns ja einmal hier wieder."

„Das würde mich freuen", behauptete sie und knickste zum Abschied. Jack folgte ihrem Beispiel mit einer eleganten Bewegung, die den Stoff seines Kleides rascheln ließ.

Sie lächelte ihm zu und ging zu Hammond hinüber, der gerade einem anderen Herrn einen Champagner servierte. Als sie sich mit einer Entschuldigung wegen Unpässlichkeit bei ihm verabschiedete, sagte er: „Oh, ein Jammer, dass Sie uns schon verlassen. Ich hoffe, der Wein hat Ihnen dennoch gemundet?"

„Ja, danke. Aber ich habe einen empfindlichen Magen, leider ist es heute nicht so gut." Um das zu unterstreichen, hielt sie sich den Bauch.

„Dann kommen Sie doch gern ein anderes Mal wieder. Hier ist meine Karte." Er reichte ihr eine schlichte Visitenkarte mit seinem Namen und der Adresse, die in keinerlei Weise andeutete, was hier vor sich ging.

„Vielen Dank, Sir. Ich wünsche noch einen schönen Abend", sagte sie.

„Gute Besserung. Kommen Sie gut nach Hause, Esmeralda."

Wenig später saß sie in einem Hansom Cab, welches sie nach Hammersmith fahren würde. Das war ein teurer Abend geworden. Aber wenn sie im Gegenzug dazu ein maßgeschneidertes Kleid von Miss Blackmore erhielt, sollte es ihr die Mühe wert sein. Der Gedanke an die Schneiderin machte ihr deutlich, in welcher Zwickmühle sie steckte: Wie sollte sie der armen Frau nur beibringen, welcher unmoralischen und höchst verbotenen Arbeit ihr Bruder nachging? Und eine andere Frage in diesem Zusammenhang war, ob er es nur des Geldes wegen tat oder ob es ihm gar gefiel…

*

„Was können Sie mir über Sophie erzählen?", wandte sich Gleeson an die schwarzhaarige Prostituierte. „Mein Bekannter hat von ihr geschwärmt. Hat sie Freunde hier im Bordell, oder vielleicht einen reichen Gönner? Oder hatte sie mal Ärger mit je-

mandem?"

„Ach, ich dachte, Sie wollten ein wenig verwöhnt werden, Sir. Warum fragen Sie mich denn nach Sophie, ich kenne sie kaum. Die scheint sich ja für was Besseres zu halten, wenn sie mich fragen."

„Wie meinen Sie das?", hakte er nach.

„Naja, sie hat davon erzählt, dass sie nun auch Herrenbesuch bei sich zu Hause empfängt und da verdient sie natürlich mehr, weil sie ja der Madam nichts abgeben muss. Aber es ist auch gefährlicher. Man weiß ja nie, was in so einem Kunden vor sich geht und was der dann letztendlich von einem will oder was er macht. Manchmal kommen welche daher, die tun erst honigsüß und später werden sie gemein. Zu uns Mädchen, meine ich, und nicht nur mit Worten. Wenn wir hier Ärger mit Kunden bekommen, dann sorgen die Madam und ihr Rausschmeißer dafür, dass die ganz schnell an die frische Luft gesetzt werden."

„Verstehe. Sophie hatte also Geldprobleme? Hatte sie Schulden, weißt du das?"

„Was soll denn die Frage?", versetzte die Hure mit schnippischer Miene. „Meinen Sie, wir machen das hier alle zum Vergnügen? Ich weiß, dass das hier unmoralisch ist. Aber ich verdien hier nunmal besseres Geld und muss weniger schuften als in einer Fabrik. Jede, die hier anfängt, macht es, weil alle anderen Möglichkeiten sie nicht über Wasser halten. Kann sein, dass Sophie Schulden hat. Oder andere Probleme. Aber das müssen Sie sie schon selbst fragen."

Wenn die unglückselige Sophie noch antworten könnte...

8

Sonnabend, 29. Juni 1889

Josephine ließ sich ein helles Stück Brot mit Marmelade zum Frühstück schmecken und machte sich Gedanken zu einer neuen Geschichte, mit der Mister Bostwick sie beauftragt hatte. Eine Schauergeschichte sollte es werden, angesiedelt hier in London. Die Stadt war schließlich voll von Geschichten über angebliche Geistersichtungen oder unerklärliche nächtliche Phänomene.

Ein hektisches Klopfen an der Tür unterbrach ihre Gedanken. Wer war denn das, um diese Uhrzeit an einem Sonnabend? Vorsichtig wischte sie sich die Brotkrümel vom Mund, stand auf und öffnete.

Constance Blackmore stand vor ihr. Ihr Gesicht und ihre hellblauen Augen waren gerötet. Hatte sie geweint? „Bitte verzeihen Sie die frühe Störung, Miss Murray. Ich weiß, wir waren erst für heute Nachmittag verabredet, aber es ist … Eddy ist …"

„Kommen Sie doch erst mal herein, meine Liebe", bat sie ihre Bekannte herein, die sichtlich um Fassung rang. „Was ist denn passiert? Was ist mit Ihrem Bruder?"

„Er ist … er ist gestern Nacht nicht nach Hause gekommen. Ich wollte schon zur Polizei gehen, aber ich dachte, ich spreche erst einmal mit Ihnen. Ich meine, es kann ja Gott weiß was passiert sein. Ich habe solche Angst um ihn."

Was für ein Schreck so früh am Morgen! „Bitte,

setzen Sie sich doch erst einmal. Ich mache uns einen Tee und erzähle Ihnen von gestern, ja? Und Sie erzählen mir bitte ganz in Ruhe, was passiert ist."

Während sie in der Kochnische den Tee zubereitete, berichtete Josephine Miss Blackmore von dem, was sie in dem Haus in der Cleveland Street beobachtet hatte. Es fiel ihr nicht leicht, davon zu sprechen, aber ihre Besucherin hatte ein Recht darauf, alles zu erfahren. So ließ sie nichts aus, auch wenn ihr bewusst war, dass es ihren Gast gewiss schockieren würde. Sie sollte recht behalten; Miss Blackmores Augen wurden größer und größer vor Entsetzen, während Josephine erzählte.

„Das ist ja … bei Gott, das hätte ich ihm nie zugetraut! Ich … ich weiß nicht, was ich sagen soll." Miss Blackmore brach in Tränen aus, Schluchzer schüttelten sie.

Oh je. Die Ärmste. Josephine suchte in ihrer Kommode nach einem frisch gewaschenen Taschentuch und reichte es ihrem Gast. „Ach, meine liebe Miss Blackmore, das muss ein Schock für Sie sein. Es tut mir so leid für Sie."

Miss Blackmore beruhigte sich allmählich und wischte sich die Tränen von den Wangen. „Verzeihen Sie. Ich habe eigentlich nicht so nah am Wasser gebaut, aber wenn es um meinen Bruder geht..."

„Das ist doch mehr als verständlich." Josephine schenkte Tee ein und reichte ihr die Tasse. „Wissen Sie, Eddy war nicht der einzige Telegrammbote dort. Auch dieser Newlove war da", erklärte sie.

„Newlove? Das ist ein Kollege von ihm. Er arbeitet am Schalter."

„Kennen Sie ihn?"

„Nicht persönlich. Eddy hat ihn ein paar Mal erwähnt

und dieser ungewöhnliche Nachname ist mir aufgefallen."

„Sind die beiden befreundet, wissen Sie das?", erkundigte Josephine sich.

„Nicht, dass ich wüsste. Aber wie es aussieht, hat Eddy so einige Geheimnisse vor mir." Ihre Miene nahm einen bitteren Zug an.

Josephine setzte ihren Bericht fort. „Am Mittwoch habe ich ein Gespräch zwischen ihm und Eddy belauscht, als sie sich vor dem Postamt trafen. Dadurch wurde mir klar, dass sie beide wohl schon öfter in diesem Haus in der Cleveland Street gewesen sein mussten. Und am Freitag Abend kam dort in diesem Salon ein Herr zu mir und sagte, Eddy und er seien verabredet."

Miss Blackmore wirkte überrascht „Wie sah dieser Mann denn aus?"

„Dunkelblond, ein sehr gepflegter Lenkstangenschnurrbart. Und ein Schmiss an der rechten Wange. Ein maßgeschneiderter Anzug, würde ich sagen, von der teuren Sorte. Die beiden schienen sich zu kennen. Aber mehr konnte ich leider nicht in Erfahrung bringen, ich musste ja gewissermaßen meine Tarnung aufrecht erhalten. Wenn die herausgefunden hätten, was ich dort eigentlich wollte..." Das wollte sie sich lieber nicht ausmalen.

Miss Blackmore zögerte. „Das verstehe ich. Ihre Beschreibung von dem Herrn sagt mir überhaupt nichts. Ich kenne niemanden, der so aussieht. Meinen Sie, er und mein Bruder ..."

Josephine überlegte. Was sie nun ansprechen musste, war unschicklich, aber es half wenig, wenn sie um den heißen Brei herumredete. „Ich kann nur Vermutungen äußern. Dieser Strichjunge namens Tilly sagte mir, manche Herren kämen in das Bordell mit Begleitung und würden sich dann dort ein Zimmer mieten. Für ein paar Stunden, oder für die ganze Nacht, nehme ich an. Wenn ihr Bruder und dieser Herr sich verabredet haben, würde ich davon ausgehen, dass ihr Arrangement wohl ähnlicher Natur war. Die Frage ist nur, wie lange sie geblieben sind. War Eddy danach … noch mit anderen Männern in diesem Etablissement zusammen, oder hat dieser Herr ihn möglicherweise gar zu sich nach Hause eingeladen? Er machte einen wohlhabenden Eindruck auf mich, wie gesagt. Oder ist Eddy jemand anderem nach Hause gefolgt, oder in ein anderes Etablissement? Auch das können wir nicht ausschließen."

Miss Blackmore trank einen Schluck, ehe sie antwortete. „Ich würde ja zur Polizei gehen, aber wenn Eddy in solche … Aktivitäten verwickelt ist, dann ist es wohl keine gute Idee, nicht wahr?"

„Das fürchte ich allerdings auch. Wenn das herauskommt, würde er festgenommen werden. Hat Ihr Bruder eigentlich irgendwelchen Ärger erwähnt, vielleicht bei der Arbeit?"

„Nein. Aber ich schätze, selbst wenn er welchen gehabt hätte, würde er es mir nicht erzählt haben. Er trägt sein Herz nicht auf der Zunge, wenn Sie verstehen, was ich meine. Er war schon immer von der schweigsamen Sorte und spricht ohnehin nicht allzu viel über seine Arbeit."

„Hmm. Hat er denn irgendjemanden erwähnt in letzter Zeit, oder ist Ihnen irgendetwas aufgefallen an ihm?", hakte Josephine nach.

„Wie meinen Sie das?"

„Nun, war sein Verhalten anders als sonst, wirkte er nervös oder niedergeschlagen?"

Ihre Bekannte zuckte mit den Achseln. „Nein, aber das muss nichts heißen. Er war immer schon ein bisschen schwer durchschaubar, wenn es um seine Gefühle geht."

Miss Blackmores Finger verkrampften sich so sehr um die Teetasse, dass Josephine befürchtete, sie würde das dünne Porzellan zerbrechen. „Ach, am liebsten würde ich persönlich in diesem Haus vorstellig werden! Und diesen feinen Mister Hammond fragen, was mit meinem Bruder passiert ist."

„Es ist fraglich, ob sie dort überhaupt Damen herein lassen." Kaum hatten diese Worte ihren Mund verlassen, wurde sie rot vor Verlegenheit. Sie mochte eine Frau sein, denn so und nicht anders hatte sie sich schon immer gefühlt, aber ihr wurde wieder einmal bewusst – wie schon so oft – dass sie dennoch anders war.

Miss Blackmore stellte ihre Teetasse ab und legte ihre Hand auf Josephines Arm. Die Berührung kribbelte auf der Haut. „Ich weiß schon, wie Sie das meinen, Miss Murray. Und es geht mich ja nichts an, wie Sie …" Sie hielt einen Moment lang inne, schien nach Worten zu suchen. „Wie Sie dort hineingekommen sind."

Josephine räusperte sich. „Wenn ich Ihnen einen Vorschlag machen darf, Miss Blackmore – ich werde noch einmal hingehen und vorsichtig Erkundigungen einziehen. Es wird nicht auffallen, schätze ich, da ich ohnehin gesagt habe, dass ich wiederkommen möchte."

Miss Blackmore nickte eilfertig. „Danke, das ist sehr freundlich von Ihnen."

„Ich muss gestehen, ich habe ein persönliches

Interesse daran, Ihren Bruder wieder zu finden."

„Warum das? Sie kennen ihn doch gar nicht."

„Aber wir kennen uns und ich mag Sie, wenn Sie mir diese offenen Worte verzeihen. Wissen Sie, ich habe nicht viele Freunde hier in Hammersmith."

Ein Lächeln überzog Miss Blackmores Gesicht, das ihre hellblauen Augen zum Strahlen brachte und Grübchen auf ihre Wangen zauberte. „Das geht mir ähnlich", sagte sie leise.

Josephine hätte sie stundenlang anschauen mögen. *Hör auf zu träumen, Josie*, rief sie sich selbst zur Ordnung. Sie war so anders, wer um alles in der Welt hätte es mit ihr ausgehalten? „Ich muss gestehen, diese Sache mit Ihrem Bruder erinnert mich an die Kriminalgeschichten, die ich schreibe. Auch wenn die wohl nicht halb so skandalös sind wie die Realität. Ein Freudenhaus für Männer, mitten in London, wer hätte das gedacht?"

Sie blies über den heißen Tee, ehe sie davon trank. „Ich muss Sie um etwas Unangenehmes bitten, fürchte ich. Da wir die Polizei nicht hinzuziehen können."

„Was ist es?"

Auch hier half es nichts, um den heißen Brei herumzureden. „Stöbern Sie einmal in den Sachen Ihres Bruders. Vielleicht fällt Ihnen irgendetwas ins Auge, das uns weiterhelfen könnte. Schauen Sie in seine Hosen- und Jackentaschen, unter sein Bett, in seine Schubladen."

„Muss das wirklich sein? Er wird fuchsteufelswild sein, wenn er davon erfährt."

Josephine beschloss, ganz offen zu sein. „Ich möchte Sie wirklich nicht beunruhigen, aber es könnte sein, dass sein Leben davon abhängt."

Klirrend stellte Miss Blackmore die Teetasse ab. Sie schlug die Hände vors Gesicht und fing wieder an zu weinen. Josephine verfluchte sich für ihre Worte, aber wie hätte sie es ihr sonst schonender beibringen können?

Sanft legte sie eine Hand auf Miss Blackmores Arm. „Verzeihen Sie, aber es ist besser, wenn wir vom Schlimmsten ausgehen und alle Möglichkeiten ausschöpfen, die wir haben."

Miss Blackmore nahm die Hände herunter und wischte sich ein weiteres Mal mit Josephines Taschentuch über das tränenverschmierte Gesicht. „Sie haben ja Recht. Es sind meine Nerven, die Sorge um ihn..."

„Das kann ich gut verstehen, Miss Blackmore. Mir würde es in Ihrer Situation ganz ähnlich gehen."

Während sich Miss Blackmore weiter die Tränen trocknete, besprachen sie ihr weiteres Vorgehen.

*

„Gibt es hier eigentlich Kunden, die irgendwie auffällig sind?", fragte Gleeson die Prostituierte.

„Sie stellen aber echt eine Menge Fragen, Sir. Sie sind doch kein Bobby, oder?"

„Nein, bin ich nicht." Das war nicht mal eine Lüge, denn er war schon lange kein einfacher Polizist mehr, seit er befördert worden war.

„Oder sind Sie von der Presse?", fragte ihn die schwarzhaarige Schönheit argwöhnisch.

„Nein, auch nicht. Ich hab mich nur gefragt, was hier wohl für

Leute zu Gast sind."

Das gefallene Mädchen lachte auf. „Wissen Sie, selbst wenn ich Ihnen mehr sagen könnte – die meisten Männer hier stellen sich mir nicht vor, und wenn, dann gehe ich davon aus, dass es nicht ihre richtigen Namen sind. Also was nützt es Ihnen, wenn ich Ihnen von all den Smiths, Blacks und Browns erzähle, die hierher kommen?"

Gleeson überlegte. Das half ihm wirklich nicht weiter... – er würde seine Strategie ändern müssen.

9

An diesem Sonnabend hallte Lady Thelmas Salon wider von den Gesprächen und dem Gelächter der anwesenden Damen, während eine von ihnen einen mitreißenden Walzer auf dem Klavier zum Besten gab. Einige der Damen tanzten dazu, drehten sich fröhlich im Kreis. Josephine beneidete die Klavierspielerin um ihr Können. Es musste wunderbar sein, diesem großen Instrument solche Klänge entlocken zu können. Sie selbst hatte nie die Gelegenheit gehabt, so etwas zu lernen.

Josephine trug eines ihrer besten Kleider und genoss den Duft ihres Parfüms. Es war nicht günstig gewesen, aber dafür genügte schon eine kleine Menge, damit es seinen zarten Duft nach Hyazinthen verströmte. Sie beobachtete die tanzenden Damen.

Die rotblonde Annabelle knickste vor ihr. „Würden Sie mir die Ehre eines Tanzes erweisen?"

Josephine lächelte. „Sehr gern. Möchten Sie führen?"

Annabelle kicherte. „Das wollte ich Sie gerade fragen."

„Ich werde mein Bestes geben." Sie umfasste Annabelles Taille und ihre behandschuhte Hand, danach übernahm sie die Schrittfolgen, die sonst von einem Mann getanzt wurden. Die Dame am Klavier, Millicent, spielte einen weiteren Walzer. Schon bald wirbelten Annabelle und Josephine mit raschelnden Röcken im Kreis herum, vorbei an den anderen Paaren. Schneller und schneller wurde die Melodie. Josephine wurde fast schwindlig. Plötzlich musste sie an Miss Blackmore denken. Ob diese Walzer tanzen konnte?

Annabelle lächelte ihr mit gerötetem Gesicht zu. „Was für ein rasanter Tanz!", rief sie lachend.

„In der Tat. Ich komme mir vor wie eines dieser Kinderspielzeuge – ein Kreisel", erwiderte Josephine.

Als der Tanz endete, leitete Millicent über in eine Polka. Josephine und Annabelle zogen sich an den Rand des Raumes zurück, während mehrere der Damen weitertanzten. Annabelle knickste ein weiteres Mal vor ihr. „Vielen Dank für den Tanz!"

„Gleichfalls", erwiderte Josephine mit einem Knicks. Annabelle durchquerte den Raum und ging zu einer Freundin hinüber.

Josephine war ein wenig außer Atem, aber der schnelle Tanz hatte sie auch angenehm erfrischt. Sie nahm sich die Karaffe mit der hausgemachten Limonade von einem der Tische und goss sich ein Glas ein. Danach setzte sie sich auf die Chaiselongue, die an der Wand platziert war. Während sie das säuerlich-süße Getränk genoss, beobachtete sie die Tänzerinnen.

Lady Thelma Cavendish kam zu ihr und setzte sich neben sie. Die rundliche Dame mit den grauen Strähnen im dunklen Haar war schon etwas älter, eine Vicomtess und Witwe, welche diesen Club für Damen gegründet hatte. „Sie wirken heute grüblerisch, meine Liebe", sagte die Lady. „Bereitet Ihnen etwas Kummer – wenn Sie mir meine Neugier verzeihen?"

„Ach, ich fürchte, das ist ein wenig kompliziert zu erklären."

Lady Thelma lächelte. „Oh, bitte, ich habe den ganzen Abend Zeit. Es sei denn, die gute Millicent verwickelt mich wieder in eines ihrer endlosen Gespräche. Aber im Moment sitzt sie ja am Klavier…"

Josephine sah auf ihre Schuhspitzen, die unter dem

Kleid hervorragten. „Es ist auch eine etwas delikate Angelegenheit…"

„Oh, ich werde gewiss nicht darüber tratschen. Wir müssen hier schließlich alle eine gewisse Diskretion wahren."

Diese Worte erinnerten Josephine daran, wie sie die Vicomtess vor rund zwei Jahren kennengelernt hatte. Eine Bekannte, die ebenfalls für Bostwick & Sons schrieb, hatte sie damals auf einen Wohltätigkeitsbasar in Chelsea aufmerksam gemacht. „Dort werden auch Bücher verkauft, alles zugunsten eines Waisenhauses", hatte sie Josephine erzählt und sie neugierig gemacht.

10

Chelsea, im Frühjahr 1887

Der Wohltätigkeitsbasar fand in einem Gemeindehaus statt, nach dem sonntäglichen Gottesdienst. Voller Kirchgänger und deren Kinder war der hohe, mit dunklem Holz vertäfelte Saal. Ein kleines Kind rief mit dünnem Stimmchen nach seiner Mutter, die es wohl im Gewühl verloren hatte. Überall erklangen Gespräche, leichtes Geplauder bis hin zu fröhlichem Gelächter.

Die Besucher stammten aus den mittleren bis oberen Gesellschaftsschichten, wie an ihrer unterschiedlichen Kleidung deutlich erkennbar war. Sehnsüchtig betrachtete Josephine das feine Muster eines Kleides und den aufwändig dekorierten Hut einer vornehmen Dame – bunte Federn, Stoffblumen und eine seitliche Schleife.

Auf dem Basar verkauften mehrere Gemeindemitglieder alles Mögliche für den guten Zweck, in erster Linie Bücher und Kinderspielzeug. Josephine sah einen mechanischen Affen mit einer Mütze, der mit einem rhythmischen, blechernen Geräusch auf eine Trommel schlug, sobald er aufgezogen wurde.

Auch Kleidung wurde hier angeboten, darunter Schuhe und Hüte. Sie blieb vor einem Tisch stehen, auf dem ein Hut lag, der mit pastellfarbenen Stoffblumen dekoriert war. Wirklich hübsch, aber der Preis, den ihr die Dame nannte, war ihr doch etwas zu hoch, auch wenn es für einen guten Zweck war. Stattdessen wandte sie sich einem Tisch mit Büchern zu. Dort stand eine etwas rundliche Dame, die schon älter war und die ersten Seiten eines Buches betrachtete. Josephine griff ebenfalls nach einem, denn der Name des Autors kam ihr bekannt vor. Es war eine Kurzgeschichtensammlung mit dem Titel „In einem dunklen Glas", und die gruseligen Illustrationen machten deutlich, dass der Autor, Sheridan Le Fanu, sich offenbar einem düsteren Genre verschrieben hatte.

Da sie selbst bald wieder eine Schauergeschichte schreiben würde, freute sie sich auf Anregungen aus diesem Bereich. Sie blätterte durch das Buch. Eine der Abbildungen überraschte sie — eine junge Frau mit hellem Haar lag schlafend im Bett, ganz das Abbild einer unschuldigen Jungfrau. Eine schattiert gezeichnete, dunkle Frauengestalt beugte sich über sie, schien nach ihr greifen zu wollen, während im Schatten neben dem Bett ein Mann mit einem Messer lauerte.

Sie war so abgelenkt von dieser Zeichnung, dass sie nicht bemerkte, wie die ältere Dame ihr über die Schulter sah. „Ah, Carmilla", sagte die Frau. „Ich habe diese Geschichte damals im Literaturmagazin *The Dark Blue* gelesen. Ach, das ist bestimmt schon fünfzehn Jahre her. Ich glaube, der Autor lebt schon länger nicht mehr, aber diese Geschichte ist mir im Gedächtnis geblieben. Es ist eigentlich ein Schauermärchen, es handelt von einer jungen Frau und deren innigen – und gefährlichen – Freundschaft zu einer mysteriösen Fremden … aber falls Sie das Buch kaufen wollen, möchte ich Ihnen natürlich nicht die Freude verderben, indem ich zu viel verrate." Vergnügt zwinkerte sie Josephine zu.

„Ich kaufe es", sagte Josephine mit heiserer Stimme zu der Frau hinter dem Büchertisch. Ihr wurde glühend warm, das Gesicht rot vor Verlegenheit.

„Es gibt selten Bücher, in denen die Freundschaft zwischen Frauen thematisiert wird, nicht wahr?", sagte die Frau, die bereits graue Strähnen im Haar hatte, im Plauderton. „Oft sind die Helden männlich — von einigen Ausnahmen abgesehen. Jane Austen und Ann Radcliffe, die Brontë-Schwestern, Elizabeth Gaskell … Oder die Heldin erlebt ganz viele furchtbare Dinge, womit der männliche Autor wohl zeigen will, dass nur ein sittsamer Lebenswandel einer Frau bekommt." Die rundliche Dame verzog das Gesicht. „Ich las neulich ein Buch des amerikanischen Autors Henry James. Es hieß *Die Bostoner* und handelte von Frauenrechtlerinnen in Boston, und auch von einer Freundschaft zwischen zwei Frauen. Aber der Autor ließ kein gutes Haar an den Damen, die sich für die Frauenrechte einsetzten, und die Freundschaft der beiden Damen wurde durch einen Herrn gestört, der um eine der beiden warb."

Sie unterbrach ihren Redefluss. „Oh, verzeihen Sie, wo bleiben meine Manieren? Darf ich so frei sein und mich vorstellen? Lady Thelma Cavendish."

„Sehr erfreut. Josephine Murray."

„Ich wollte mit meiner Freundin Eliza ein Stück Kuchen essen. Möchten Sie sich uns vielleicht anschließen, Miss Murray? Der Kuchen wird übrigens auch für den guten Zweck verkauft."

Josephine überraschte dieses Angebot, aber sie wollte es nicht ausschlagen. Auch hatte sie sowieso vorgehabt, noch etwas zu essen. „Das ist sehr freundlich von Ihnen. Sehr gern."

Lady Thelma stellte ihr kurz darauf ihre Freundin Eliza Thorpe vor. Diese war ungefähr im gleichen Alter und trug ein fliederfarbenes Kleid. „Es freut mich, Sie kennenzulernen, Miss Murray", sagte sie mit einem herzlichen Lächeln.

Wenig später saß sie mit dem beiden an einem der Tische mit Tee und Kuchen, etwas weiter abseits von dem geschäftigen Gewühl des Basars. Im Stillen fragte sie sich, wie sie zu der Ehre kam, mit einer Adligen zu plaudern. Lady Thelma und ihre Freundin waren ganz reizend. Sie plauderten erst über das Wetter, dann über Bücher und Schriftsteller, auch über Theateraufführungen. Josephine fühlte sich ermutigt, von ihrer eigenen schriftstellerischen Arbeit zu erzählen.

„Oh, wie aufregend, Sie schreiben also Kriminalgeschichten?", erkundigte sich Miss Thorpe.

„Unter anderem. Auch Schauergeschichten und Romanzen. Aber so aufregend ist es eigentlich nicht. Ich meine, ich arbeite ja allein und sitze an meinem Schreibtisch. Es gibt sicherlich aufregendere Tätigkeiten."

„Das mag ja sein, aber Sie sind damit ja künstlerisch tätig. Ich selbst habe keinerlei Talent für die schönen

Künste. Eliza spielt sehr gern Klavier und kann sehr gut singen, aber ich habe leider kein Rhythmusgefühl. Umso mehr habe ich eine Schwäche für die Künste."

„Ich muss ehrlich sagen, ich halte das, was ich schreibe, nicht für besonders künstlerisch wertvoll. Es sind unterhaltsame Geschichten, die gern und viel gelesen werden, aber ich bin nicht gerade eine Dichterin", erklärte Josephine.

Miss Thorpe lachte. „Wenn Sie mich fragen, ist das Erfinden von Geschichten schon Kunst genug. Ich könnte das nicht, ich habe nicht genug Vorstellungskraft dafür."

„Ich bin sicher, Sie haben dafür andere Talente", erwiderte Josephine.

Lady Thelma und ihre Freundin tauschten einen Blick. „Oh ja, das hat sie allerdings", sagte die Lady mit einem fröhlichen Lächeln.

„Du bist eine Schmeichlerin, meine Liebe", erwiderte Miss Thorpe, aber ihr schien das Kompliment sehr zu gefallen.

Lady Thelma berichtete nun von ihren wohltätigen Aktivitäten in der Gemeinde. Zwischen den Zeilen hörte Josephine heraus, dass die alleinstehende Eliza bei ihr wohnte. Das war ungewöhnlich, aber natürlich konnte sie nicht einfach nachfragen, denn die familiären Verhältnisse der beiden Damen gingen sie schließlich nichts an.

„Ich unterhalte übrigens einen Club für Damen", sagte Lady Thelma. „Genauer gesagt, für Damen, die unsere Interessen teilen. Es ist eher ein Salon, den ich in meinem Haus von Zeit zu Zeit öffne. Ich darf einige ganz reizende Frauen zu meinen Freundinnen zählen, die uns dann besuchen. Einige von ihnen sind ebenfalls künstlerisch tätig, wenn auch nicht im schriftstellerischen Bereich. Gleichwohl, ich würde Sie gern einmal einladen. Nennen Sie es eine Ahnung, aber ich schätze, Sie würden unseren Salon bereichern und sich bei uns wohlfühlen."

Josephine wusste nicht, was sie sagen sollte. „Das ... das ist sehr freundlich", erwiderte sie, verhaspelte sich dabei. Sie senkte die Stimme. „Aber ich bin keine Dame im üblichen Sinn. Und wie Sie gewiss sehen, gehöre ich auch nicht zur Oberschicht."

„Oh, machen Sie sich keine Gedanken wegen Ihres gesellschaftlichen Standes", sagte Eliza mit ihrer angenehm melodiösen Stimme. „In unserem Salon sind Damen aus allen Schichten willkommen, solange sie sich zu benehmen wissen. Und unser Salon oder Club ist eine geschlossene Gesellschaft, man kennt sich untereinander."

„Aber die anderen Damen... ich meine, ich bin ..." Josephine brach ab. Erneut wurde sie rot vor Verlegenheit, ihr Gesicht glühte. Wie sollte sie diesen beiden freundlichen Frauen ihre Identität erklären?

Lady Thelma legte eine Hand auf Josephines Unterarm, ganz kurz nur, eine beruhigende Geste. „Bitte, Sie müssen sich nicht erklären."

„Das würde ich aber gern, bevor es Missverständnisse gibt", erwiderte Josephine. Sie war froh, dass sie hier abseits vom Trubel und von neugierigen Ohren saßen, denn sonst hätte sie kein Wort herausgebracht. Aber die Aussicht auf diesen Damenclub, das war aufregend. Sie würde ihre Karten auf den Tisch legen, selbst auf die Gefahr hin, dass die zwei Damen das Gespräch unter höflichen Floskeln abbrechen würden und sie die beiden nie wiedersehen würde.

Einen Moment stockte sie, zögerte. „Ich wurde nicht als Frau geboren", sagte sie schließlich leise. „Aber ich fühle mich so, seit ich ein Kind war. Als Frau."

Lady Thelma blickte sie forschend an und auch Eliza musterte sie nachdenklich. Ein Hauch von Irritation legte sich über die Züge der Lady. „Nun … ich muss gestehen, das ist mir etwas Neues. Aber das erklärt mir Ihr Äußeres, wenn Sie mir die offenen Worte erlauben. Ich meine Ihre Größe und die etwas breiteren Schultern. Ich danke Ihnen für die Erklärung. Ich muss gestehen, eine Dame wie Sie ist mir noch nicht begegnet."

Sie schwieg einen Moment, blickte zu ihrer Freundin. Zwischen den beiden schien eine Art stummes Gespräch abzulaufen, das nur sie beide wahrnehmen konnten.

Josephine kam sich vor, als werde sie geprüft. Sie rutschte auf ihrem Stuhl hin und her und konnte ein Erröten nicht verhindern.

„Erlauben Sie mir noch eine persönliche Frage?", fragte Lady Thelma.

„Ich kann nicht versprechen, dass ich darauf antworten mag, aber bitte, fragen Sie." Wie merkwürdig das doch war, mit diesen Damen, die sie gerade erst kennengelernt hatte, über solch intime Dinge zu sprechen ...

Und das alles wegen dieses Buches mit der Geschichte über die beiden Frauen. Vermutlich hatte sie gerade noch die geringste Chance zerstört, in jenen Club aufgenommen zu werden?

Lady Thelma zerteilte ihr Kuchenstück mit der Gabel in zwei Hälften. „Fühlen Sie sich eher zu Männern hingezogen oder zu Frauen? Oder … zu beiden? Ich meine, wenn es um romantische Gefühle geht?"

Josephine verschluckte sich fast an ihrem Tee. Ihr Gesicht rötete sich noch mehr, sie fühlte es an der Hitze, die ihr in die Wangen stieg. In diesem Moment kam ihr der Gedanke, dass die beiden Frauen, mit denen sie hier sprach, mehr als nur Freundinnen waren, die zusammen lebten.

„Ich … ich war einmal in eine Frau verliebt", sagte sie mit belegter Stimme. „Es ist schon einige Jahr her. Ich habe nie gewagt, es ihr zu sagen. In einen Mann war ich nie verliebt. Ich habe nichts gegen Männer, aber ich entwickle keine romantischen Gefühle für sie. Auch nicht übrigens, wenn ich etwas über männliche Helden lese oder sie im Theater sehe. Sie interessieren mich einfach nicht, wenn es um … Intimitäten geht."

Miss Thorpe und Lady Thelma wechselten einen Blick.

„Was meinst du, Eliza? Sollen wir Miss Murray in unseren Salon einladen?" Sie warf Josephine einen Blick zu. „Wir laden grundsätzlich nur Frauen ein, die das schöne Geschlecht bevorzugen."

Josephine hielt unwillkürlich die Luft an. Im Leben hätte sie nicht gedacht, dass es so etwas in London geben könnte. Geschweige denn, dass sie jemals auf Gleichgesinnte treffen würde. Ihr war bekannt, dass es Clubs für Damen in der Stadt gab, allerdings nicht unter solch speziellen Vorzeichen…

Miss Thorpe schien unentschlossen. Sie lächelte unverbindlich. „Würden Sie vielleicht noch ein wenig mehr über sich erzählen?", fragte sie. „Natürlich werden wir nichts davon weitererzählen, aber für unseren Salon ist Diskretion und Vertrauen sehr wichtig. Wir kennen die Damen gut, die wir einladen, verstehen Sie?"

In diesem Moment kam ein Paar an ihren Tisch. „Ah, Lady Thelma, wie schön, Sie hier zu sehen. Miss Thorpe", begrüßte sie der Herr lächelnd. Lady Thelma erhob sich. „Ach, Mister Wheeler, Sie sind auch hier mit Ihrer Gattin? Wunderbar. Darf ich vorstellen, das ist Miss Murray."

Damit war die Chance auf ein weiteres vertrauliches Gespräch an diesem Ort vorbei, doch Lady Thelma schlug ihr kurz darauf vor: „Kommen Sie doch zu uns zum Tee, nächste Woche, falls es Ihnen passt? Dann können wir einander noch besser kennenlernen. Und wir sind unter uns."

Diese Einladung hatte sie gern angenommen und so kam sie wenige Tage später zum Tee bei den beiden Damen. Lady Cavendishs Haus war das vornehmste, was sie jemals von innen gesehen hatte. Sie konnte sich kaum satt sehen an den Gemälden, dem weiß-goldenen Stuck an der Decke, dem Kronleuchter und den eleganten Stofftapeten, die zart schimmerten.

Im Salon der Lady erzählte sie ihrer Gastgeberin und deren Freundin ihre Geschichte, während sie alle Tee aus feinsten Porzellantassen tranken. „Ich bin vor acht Jahren nach London gekommen, nachdem ich mit meinen Eltern gebrochen hatte. Es war furchtbar, aber sie konnten es einfach nicht akzeptieren. Dass ich mich als Frau fühle, auch wenn ich mit den Merkmalen eines Jungen geboren wurde. Aber weiß Gott, ich habe mich nie als Junge gefühlt und später auch nicht als Mann. Bis heute ist mir nicht klar, wie das möglich sein kann. Aber es ist keine Einbildung, so viel ist mir gewiss."

„Wie war das mit Ihren Eltern? Wenn Sie mir die Frage erlauben", erkundigte sich Lady Thelma.

„Das war schon früh schwierig. Bereits als Kind habe ich mich nicht für die Dinge interessiert, die andere Jungen in meinem Alter mochten. Als ich zwölf war, sagte mein Vater, ich sei weibisch und ich müsse endlich lernen, ein Mann zu sein. Er hat mich gezwungen, Boxen zu lernen. Hat mir das Mannsein in den Leib prügeln wollen. Damals stand ich kurz davor, mich umzubringen, ich ertrug all den Schmerz einfach nicht mehr."

Mittlerweile konnte sie mit einiger Distanz darüber sprechen, emotionslos. All das war lange her, aber wenn sie zu sehr darüber nachdachte, würde sie doch wieder weinen. Und das war das Letzte, was sie wollte, vor diesen beiden freundlichen Damen.

In Lady Thelmas Gesicht spiegelte sich Mitgefühl. „Das muss sehr schwer für Sie gewesen sein...", sagte sie leise.

„Ich glaube, mein Tagebuch hat mich damals gerettet. Ich habe schon immer viel geschrieben, heimlich. Alle meine Ängste, meine Sorgen, meine Nöte habe ich meinem Tagebuch anvertraut. Irgendwie habe ich dadurch auch den Mut gefasst, trotz aller Schwierigkeiten weiterzuleben. Wissen Sie, ich war zwar unglücklich, dass mein Vater mich zwingen wollte, ein ‚richtiger' Mann zu werden. Aber ich war nicht so unglücklich über meinen männlichen Körper, dass ich mich allein deswegen umbringen wollte. Es war eher die fehlende Akzeptanz meiner Eltern für mein ... wie soll ich das ausdrücken? Mein Anderssein. Ich wusste auch, dass ich zur Not von Zuhause weglaufen könnte. Das habe ich in mein Tagebuch geschrieben, jeden Tag aufs Neue: *Morgen laufe ich von Zuhause weg und fange ein neues Leben an.* Ich habe es dutzende Male geschrieben, aber ich habe es nicht getan, erst als ich volljährig war. Aber es hat mir geholfen, es immer wieder und wieder zu schreiben. Es war wie ein Versprechen an mich selbst."

„Wie ist das ausgegangen, wenn ich fragen darf?", fragte Eliza mit sanfter Stimme.

„Meine Eltern sagten mir immer wieder, ich sei krank. Der Arzt in unserem Dorf sagte das auch, meinte aber, er könne mir nicht helfen. Zum Glück sind sie nicht auf die Idee gekommen, mich zu einem Arzt in der Stadt zu bringen, denn dann wäre ich vermutlich in einer Irrenanstalt gelandet – und nach allem, was ich darüber gehört habe, kommt man dort so leicht nicht mehr heraus. Stattdessen haben sie für mein Seelenheil gebetet und mein Vater hat mich regelmäßig verprügelt."

Die Erinnerung daran ließ sie innehalten. Ihre Finger verkrampften sich in ihrem Schoß, zerknüllten den Stoff ihres Kleides. Einen Moment lang versagte die Stimme ihr den Dienst.

Lady Thelmas unverändert freundlich-mitfühlende Miene war es, die sie weitersprechen ließ. Zum ersten Mal seit langem konnte sie ganz frei über all diese Erlebnisse sprechen, ohne sich verurteilt zu fühlen. „Meine Eltern haben irgendwann sogar den Pfarrer geholt, sie wollten seinen Rat. Der schwafelte etwas von Gottes unergründlichen Wegen und dass ich von der Sünde ablassen müsste, eine Frau sein zu wollen. Frauen würden ja ohnehin oft zu sündhaftem Verhalten verführt werden. Er hat auch meinen Vater darin bestärkt, mir weiter die Seele aus dem Leib zu prügeln. Zu dem Zeitpunkt war ich fast volljährig. Wenig später hat meine Mutter mich dabei erwischt, wie ich eines ihrer Kleider anprobiert habe. Ich habe das damals mehr oder weniger forciert, ich wollte ja ohnehin von

Zuhause fort. Mein Vater hat ...", sie musste die Worte aus ihrem Mund zwingen.

„Er hat mich hinausgeworfen, noch am selben Abend. Seitdem habe ich von ihnen nichts mehr gehört. Aber das möchte ich ehrlich gesagt auch gar nicht. Ich habe das Versprechen an mich selbst eingelöst, das ich in mein Tagebuch geschrieben habe. Ich bin hierher nach London gekommen, um ein neues Leben anzufangen."

11

Sonnabend, 29. Juni 1889

Bis zum heutigen Tag erinnerte sie sich mit Freude an jene Begegnung auf dem Wohltätigkeitsbasar zurück. Ein glückliche Zufallsbekanntschaft, die ihr ungeahnte Möglichkeiten und Türen geöffnet hatte. Nach ihrem Gespräch mit Lady Thelma und Miss Thorpe hatten die beiden damals beschlossen, sie gewissermaßen als Ehrenmitglied in ihren Club für Damen aufzunehmen.

Nun blickte sie in das von feinen Falten durchzogene Gesicht Lady Thelmas, von der sie in den vergangenen zwei Jahren nur Gutes erfahren hatte. Sie wusste, dass die Lady nicht über das tratschen würde, was sie ihr nun anvertrauen wollte. „Wissen Sie, eine Dame aus meiner Nachbarschaft in Hammersmith hat mich mit einem detektivischen Dienst beauftragt. Was ich Ihnen nun sage, muss unter uns bleiben."

Lady Thelma fächelte sich mit ihrem Spitzenfächer etwas Luft zu. „Sie machen mich neugierig, meine Liebe. Aber ich werde selbstverständlich nichts davon weiter erzählen, wenn Sie es wünschen."

„Danke. Es ist so, sie macht sich Sorgen um ihren jüngeren Bruder. Ich habe ihn beschattet und herausgefunden, dass er sich nach seiner Arbeit als Telegrammbote gelegentlich etwas dazu verdient, als …" Sie räusperte sich, senkte die Stimme. „Als Strichjunge."

„Ach, du meine Güte!" Lady Thelma klappte ihren Fächer zusammen. „Das ist allerdings delikat."

„Das ist noch nicht alles. Es gibt ein Bordell — für Männer — in North Soho. Und er ist wohl des Öfteren dort gewesen. Es scheint ein Edelbordell zu sein, denn es sind auch … wohlhabende Kunden zu Gast."

„Woher wissen Sie das?"

„Ich bin da gewesen und habe so getan, als ob ich selbst ein Kunde sei. Aber ich bin gegangen, bevor jemand mich … naja, Sie wissen schon." Josephine senkte den Blick, es war ihr furchtbar peinlich, von diesen Dingen zu sprechen.

Lady Thelma sah sie einen Moment lang ratlos an und strich über die Spitze ihres Fächers. Dann änderte sich ihr Gesichtsausdruck. „Ich verstehe. Haben Sie das seiner Schwester berichtet?"

„Ja, aber damit fingen die Probleme erst an, denn Freitagnacht ist er verschwunden. Sie kam gestern zu mir, war völlig außer sich. Wer würde es ihr verdenken? Und was ich ihr dann von dem Freudenhaus berichtet habe, hat sie natürlich sehr schockiert. Wir können damit unmöglich zur Polizei gehen, denn wenn die herausfinden, dass er für Geld …"

„Oh … natürlich. In diesem Fall ist guter Rat teuer, wie es scheint. Da steckt Ihre Bekannte ja ziemlich in der Klemme, was ihren Bruder betrifft. Was werden Sie unternehmen? Glauben Sie, die Leute in diesem Bordell könnten etwas mit seinem Verschwinden zu tun haben?"

„Bislang ist das mein einziger Anhaltspunkt. Aber ich habe seine Schwester auch gebeten, seine Sachen durchzusehen, um zu schauen, ob es irgendwelche anderen Hinweise gibt, warum er verschwunden sein könnte. Vielleicht taucht ja noch etwas auf, das uns weiterhelfen kann. Wenn ich nur mehr über dieses

Freudenhaus wüsste, und über die Leute, die dort ein und aus gehen." Sie seufzte. „Mir wird wohl nichts anderes übrig bleiben, als noch einmal dorthin zu gehen und mich diskret zu erkundigen. Ich habe ihn mit einem Herrn da gesehen, der mir sagte, er sei mit ihm verabredet. Aber ob der etwas mit seinem Verschwinden zu tun hat, ist schwer zu sagen. Es waren noch eine ganze Menge anderer Herren da. Vielleicht hatte er auch Ärger durch seine Arbeit. Als Telegrammbote kommt er ja viel herum. Wer weiß, an wen er da geraten ist … Das macht die Sache so schwierig."

„Ah, Sie meinen, er könnte sich theoretisch sonstwo in der Stadt Ärger eingefangen haben?"

„Theoretisch ja", erwiderte Josephine.

„Hmm, ich kenne mich nicht aus mit der Arbeit von Boten oder Telegrammboten, aber bei Eliza und mir ist es so, dass uns immer derselbe Bote die Post bringt. Liz, das Dienstmädchen, scheint ein bisschen für ihn zu schwärmen, sie erwähnt ihn gelegentlich und kennt auch seinen Namen. Was ich damit sagen will: ich gehe davon aus, dass die Boten vermutlich feste Routen haben, die sie jeden Tag ansteuern. Oder dass ihnen bestimmte Bezirke oder Teile davon zugeteilt werden. Und wenn einer von ihnen durch Krankheit ausfällt, übernimmt jemand anders den Stadtteil?"

„Daran habe ich noch gar nicht gedacht", musste Josephine zugeben. „Allerdings grenzt das die Suche auch nicht gerade ein, vermute ich. Ich werde seine Schwester danach fragen. Ach, wenn er doch nur nicht in diesem Bordell …"

Lady Thelma sah sie aufmunternd an. „Ich drücke Ihnen die Daumen, dass Sie mehr herausfinden können, auf welchem Weg auch immer. Nur bitte, begeben Sie sich nicht selbst in Gefahr."

„Das habe ich nicht vor."

„Wenn alle Stricke reißen, wäre die Polizei wohl doch noch die beste Anlaufstelle, vermute ich. Ich hoffe sehr für Sie, dass sich dieser junge Mann nicht in Lebensgefahr befindet. Ich wünsche Ihnen alles Gute für die weitere Suche." Lady Thelma erhob sich von ihrem Platz. „Aber nun entschuldigen Sie mich bitte, meine Liebe. Ich sehe, es sind gerade neue Gäste eingetroffen und ich möchte mir nicht sagen lassen, dass ich meine Pflichten als Gastgeberin vernachlässige."

„Natürlich. Ich danke Ihnen für Ihre Anteilnahme."

Während Lady Thelma sich den hereinkommenden Damen zuwandte, blieb Josephine grübelnd sitzen. Hoffentlich konnte sie in der Cleveland Street mehr über Eddys Verbleib herausfinden…

12

Sonntag, 30. Juni 1889

Wieder stand sie vor dem Haus in der Cleveland Street. Ob sie hier wohl mehr herausfinden konnte? Fast drei Tage lang war Eddy schon verschwunden und ihr lief die Zeit davon. Auf ihr Läuten hin öffnete ihr eine Frau mittleren Alters.

„Guten Abend. Ich war neulich schon einmal hier und habe diese Karte von Mister Hammond erhalten..." Sie zeigte der Frau die schlichte Visitenkarte.

Diese lächelte. „Kommen Sie doch herein, herzlich willkommen. Ich bin Mrs. Hammond." Die Dame wusste offensichtlich ganz genau, was für ein Geschäft ihr Mann hier betrieb, denn anderenfalls hätte sie wohl nicht auf diese etwas anzügliche Art gelächelt...

Mehrere der anwesenden Herren und die Jugendlichen musterten Josephine neugierig von Kopf bis Fuß, als sie den Salon betrat. Sie erkannte einen Mann wieder, der mit Eddy gesprochen hatte, als sie zuletzt hier gewesen war. Er lehnte am Kamin, hielt sich militärisch gerade. Sein rötlichblonder Backenbart und der Schnurrbart glänzten im Feuerschein. Der Ire namens Jack war nicht da. Oder vielleicht war er in einem der anderen Zimmer des Hauses beschäftigt.

„Ah, guten Abend. Wie war doch gleich Ihr Name?", wurde sie von Hammond mit einem jovialen Lächeln begrüßt.

„Esmeralda." Sie sprach mit tieferer Stimme, auch wenn ihr das unangenehm und fremd in den eigenen

Ohren klang.

„Schön, dass Sie wieder hier sind. Und wie ich sehe, heute ohne Tilly…"

Sie nickte ihm wortlos zu.

„Nun, ich denke, Sie werden hier gewiss gute Gesellschaft finden", sagte er.

„Das denke ich auch", behauptete sie. Sie ließ sich einen Rotwein einschenken, zahlte dafür und ging zu dem Herrn am Kamin hinüber. Er trank Champagner; ein weiteres Zeichen, dass er offensichtlich wohlhabend war. Möglicherweise hatte er auch einen militärischen Rang, auch wenn er an diesem Abend zivil gekleidet war. Seine auffallend gerade Haltung war möglicherweise ein Hinweis darauf.

„Guten Abend. Ich bin Esmeralda", wandte sie sich an ihn.

Er nickte ihr zu. „Guten Abend. Nennen Sie mich einfach Mister Brown."

„Das soll mir recht sein. Es freut mich, Sie kennenzulernen."

„Ich warte übrigens auf Henry. Falls Sie sich Hoffnungen gemacht haben, muss ich Sie enttäuschen."

Henry? Der Name sagte ihr nichts. „Ich wollte einfach gern ein wenig plaudern. Hier war neulich ein junger Mann … Eddy. Kennen Sie ihn?"

„Sicher. Hatte ihn auch schon im Bett. Er weiß, wie er einem Herrn Vergnügen bereiten kann. Ein bisschen schmächtig, aber gute Beinmuskeln. Das kommt vom vielen Laufen als Telegrammbote, möchte ich wetten." Er zwinkerte ihr zu. Das waren allerdings Details, die sie gar nicht hatte wissen wollen und die ihr auch bei ihrer Ermittlung – wenn man es denn so nennen konnte – nicht weiterhalfen. Ein kurzer Blick durch den Raum; sie beide standen allein am Kamin, die anderen Anwesenden waren in Gespräche vertieft. Dem äußeren Anschein nach hätte das hier einfach ein Treffen von Herren und jungen Männern sein können. Vielleicht ähnlich wie in einem Gentlemens Club. In diesem Raum gab es keinerlei Hinweise auf das, was sich gegen Geld in den anderen Zimmern dieses Hauses abspielte.

Fetzen eines Gesprächs drangen zu ihr. „Er war mein erster. Hatte ein prächtiges Stück, das hättest du sehen müssen. Hat's mir ganz schön besorgt, als wir mal allein zu Hause waren. Danach konnte ich drei Tage lang nicht auf meinem Allerwertesten sitzen, aber es hat sich gelohnt." Ein süffisantes Lachen von dem Mann, der das erzählt hatte.

Sie wurde rot – noch mehr Dinge, die sie nicht hören wollte. Mit jeder Minute hier fühlte sie sich zunehmend unwohler. Ihre Handflächen wurden schweißnass.

Sie wandte sich wieder dem Herrn zu, der sich Brown nannte. „Ganz im Vertrauen, und bitte sagen Sie es nicht weiter … ich kenne Eddys Schwester. Sie weiß nicht, dass er sich hier etwas dazu verdient, und ich werde es ihr gewiss nicht sagen. Aber Eddy ist am vergangenen Freitag verschwunden und seitdem nicht mehr nach Hause gekommen. Wir machen uns beide Sorgen um ihn, aber zum Glück konnte ich ihr bislang ausreden, die Polizei zu verständigen. Stattdessen will sie diese Vermissten-Zettel in der Nachbarschaft aufhängen."

„Sind Sie deshalb hier?"

„Um ehrlich zu sein, ja."

Er musterte sie mit plötzlicher Schärfe. „Ich möchte auf gar keinen Fall in irgendein Familiendrama verwickelt werden”, sagte er schneidend.

Oh je. Nur schnell abwiegeln, bevor „Mister Brown” das Gespräch abbrach. „Das verstehe ich sehr gut. Alles, was ich wissen möchte, ist ob Ihnen am Freitagabend irgendetwas aufgefallen ist. Eddy hat noch mit einem anderen Herrn gesprochen – ungefähr Ihre Größe, aschblond und mit einem großen Lenkstangenschnurrbart.”

„Ah, ich weiß, wen Sie meinen. Hier nennt er sich einfach George. Er scheint eine große Schwäche für Eddy zu haben, aber damit ist er nicht allein.”

„Wer hat denn noch eine Schwäche für Eddy? Und kennen Sie diesen Mann näher?”

„Hören Sie, das kann ich Ihnen wirklich nicht sagen. Wir beide haben einen Ruf zu verlieren. Und was die Schwäche für Eddy angeht, wie gesagt, ich hatte ihn selbst schon mal im Bett und es hat mir gut gefallen. Und ich wette, es gibt noch mehr Besucher hier, die dasselbe von sich sagen können.” Er sah zur Tür. „Ah, da ist Henry.” Er winkte einem Jugendlichen zu, der gerade hereinkam.

„Guten Abend, Mister Brown.” Der Angesprochene trug eine Telegrammboten-Uniform — es war der Jugendliche, den Eddy mit Newlove angesprochen hatte.

„Guten Abend, Henry. Sag mal, hast du etwas von Eddy gehört?”, fragte der Mann ihn.

„Nee, der ist seit Freitag nicht mehr bei der Arbeit aufgetaucht. Und hier wohl auch nicht. Wir wundern uns schon auf der Post. Ob ihn die Polizei erwischt hat? Ich meine, wer weiß, was der sonst noch so treibt?”

„Esmeralda hier sagte mir, er sei offenbar verschwunden. Seine Schwester hat ihn zuletzt am Freitag gesehen."

Henry Newlove hob die Hände. „He, ich weiß nicht, was mit ihm ist. Müssen Sie mich nicht fragen. Tut mir leid, aber ich kann Ihnen da nicht weiterhelfen. Hoffentlich geht es ihm gut."

„Wenn Sie uns nun entschuldigen würden…", sagte Mister Brown. Er stürzte den letzten Rest seines Champagners herunter, schien es eilig zu haben.

„Darf ich Sie vielleicht später noch mal etwas fragen, Mister Brown?"

Er zögerte, musterte sie prüfend. Josephine hielt seinem Blick stand.

„Hmm … Warten Sie eine dreiviertel Stunde und dann kommen Sie nach. Dann können wir uns ungestört zu dritt unterhalten. Fragen Sie Hammond, in welchem Zimmer wir sind."

„In Ordnung. Danke." Was blieb ihr anderes übrig? Wie gut, dass sie den Schlagring in der Tasche dabei hatte. Falls dieser Mister Brown und Henry auf dumme Ideen kamen…

Sie setzte sich in einen der Sessel und trank ihren Rotwein aus. Kurz darauf kam Jack herein, der heute einen Anzug statt eines Kleides trug, sich aber dazu die Lippen rot geschminkt hatte. Eine seltsame Mischung, aber vielleicht gab es hier ja Männer, die das attraktiv fanden?

Er kam zu ihr herüber. „Ah, heute allein hier … Imelda?"

„Esmeralda." Ihr kam eine Idee. „Wie wäre es, du leistest mir in einem der Zimmer Gesellschaft?"

„Sehr gern", sagte er mit einem anzüglichen Grinsen.

Hammond teilte ihnen ein Zimmer zu.

„Ich werde mich nachher auch Mister Brown und Henry anschließen", erklärte sie. „In welchem Zimmer sind sie heute?"

„So rege heute? Na, dann möchte ich hoffen, dass unser lieber Jack Sie nicht völlig erschöpft."

Wenn der wüsste. Als ob ich das auch nur im Geringsten zulassen würde. Sie sagte nichts, sondern lächelte nur unverbindlich und zuckte mit den Schultern.

„Mister Brown ist im ersten Stock, das erste Zimmer auf der rechten Seite."

„Danke."

Kaum hatte sie wenig später die Tür des Zimmers geschlossen, als Jack schon begann sich auszuziehen.

„Behalte deine Kleidung an", forderte sie.

„So? Sie mögen's lieber angezogen?" fragte er. „Was immer Ihnen gefällt, Miss. Aber die Jacke und die Weste zieh ich doch lieber aus, es ist warm hier drinnen."

Das war es allerdings, und stickig. Sie öffnete eines der Fenster.

„Das würde ich sein lassen", schlug er vor. „Hört man sonst bis nach draußen, was wir hier machen."

„Oh, keine Sorge. Ich will mich nur mit dir unterhalten. Setz dich." Sie wies auf das Bett.

Er folgte der Aufforderung. „Ehrlich? Nur reden? Oder brauchen Sie das vorher, um sich … in Wallung zu bringen?"

Am liebsten hätte sie die Augen verdreht. „Ich will mich wirklich ausschließlich mit dir unterhalten." Sie setzte sich neben ihn.

„Von mir aus. Solange ich mein Geld kriege, zitier ich Ihnen von mir aus auch schmutzige Limericks aus meiner Heimat. Naja, eigentlich bin ich ja aus Dublin, aber da gibt's solche Verse auch …"

„Ich hab kein Interesse an unanständigen Gedichten." *Eigentlich schon … wenn es darin um Frauen geht.* Aber deswegen war sie nicht hier. Es war ja auch der falsche Ort dafür. „Ich möchte wissen, was du über Eddy weißt. Er ist am Freitagabend verschwunden. Ich bin auf der Suche nach ihm."

Jack runzelte die Stirn. „Kann nicht viel über ihn sagen. Wissen Sie, ich wohn hier, bekomme Kost und Logis von Hammond und einen Anteil der Einnahmen. Schmeckt mir alles nicht so, aber das hier ist das einzige, was ich gut kann und woran ich Spaß habe. Ich mache das schon an die fünfzehn Jahre. Hab auch schon mal was anderes überlegt, aber es ist nichts draus geworden. Oh, Entschuldigung, da rede und rede ich über mich, aber Sie wollten ja was über Eddy wissen."

Er räusperte sich. „Also, den hat Henry angeschleppt. Newlove rekrutiert auf der Post regelmäßig Jungen für Hammond, zum Beispiel Charlie und William, das sind auch Telegrammboten, und Charles. Wissen Sie, wie der mit Nachnamen heißt? Hat er mir verraten, Thickbroom. Dicker Besen. Ich musste mir echt das Lachen verbeißen, was für ein Name! Na, jedenfalls, die machen mir ganz schön Konkurrenz."

„Warum?"

Jack seufzte. „Weil die viel jünger sind als ich. Ich bin dreißig. Aber die Herren hier, die bevorzugen diese Jungen. Viele von denen sind Jungfrauen, wenn sie hier anfangen. Das erzielt auch bessere Preise. Ist ja auch klar, ist aufregender, so eine Entjungferung und man kann sicher sein, dass die keine Geschlechtskrankheiten haben. Hammond macht es auch mit manchen von ihnen, er hat so seine Lieblinge … Und ich? Ich weiß zwar, was den Gentlemen gefällt — gibt praktisch nichts, was ich nicht schon gemacht hätte, aber ich bin in diesem Gewerbe schon … naja ... verbraucht. Ja, das trifft es vielleicht." Er verzog das Gesicht. „Wie oft gebrauchte Ware, danach kräht kein Hahn mehr."

Er zuckte mit den Schultern. „Jedenfalls, Eddy ist in den letzten Wochen immer Freitags hergekommen, manchmal auch noch an anderen Tagen."

„Gab es einen Herrn, mit dem er besonders oft zusammen war?", fragte sie.

„Hmm, am Anfang ging das reihum, würde ich sagen. Mister Brown hat ihn gern, und neulich war ein Mann hier, so ein ganz nobler, aber fragen Sie mich nicht, was der für einen Stand hatte. Gut sah der aus, richtig schneidig. Hatte Freunde dabei, ich schätze mal, der war so Mitte Zwanzig und hat piekfein gesprochen. Der sagte, einer seiner Vornamen sei auch Eddy. Vermutlich eigentlich Edgar. Oder Edward? Edmund? Wollte er uns nicht laut sagen, aber er hat Eddy was ins Ohr geflüstert."

„War der noch öfter hier?"

„Nee, nich', dass ich wüsste."

„Und gab's noch andere Herren, die …"

„George", fiel er ihr ins Wort. „Weiß nich', wie sein Nachname ist. Auch so ein feiner Gentleman, und dieser gezwirbelte Schnurrbart steht ihm verdammt gut, finde ich. Jedenfalls, der hat Eddy irgendwie für sich gepachtet in letzter Zeit, scheint ihn echt gern zu haben. Heute ist er nicht da."

„Ja, das habe ich auch schon gemerkt. Sag mal, weiß Mister Hammond eigentlich mehr über seine Kunden? Zum Beispiel deren vollständige Namen? Trägt er das irgendwo ein?"

„Nee, das glaub ich nich'. Wäre ja auch zu gefährlich, wegen den Bobbys. Er bekommt sein Geld, verteilt die Visitenkarten und sagt den Kunden, sie sollen ihn an ihre Freunde weiterempfehlen. Wie die heißen und wo die wohnen, das braucht ihn ja nich' weiter zu interessieren, nich' wahr?"

Josephine seufzte. Wie sollte sie bloß diesen George finden? Auf jeden Fall zählte er zu den Verdächtigen. Aber vermutlich wusste dieser Brown auch mehr, als er bereit war zuzugeben. Oder doch nicht? Vielleicht kannte er George auch außerhalb dieses Hauses? Was für eine Zwickmühle …

Sie konnte kaum noch öfter hierherkommen, um nach diesem Gentleman zu suchen. Das war zum einen zu teuer und zum anderen würde es irgendwann auffallen, dass sie nicht hier war, um sich mit den Strichern zu vergnügen. Ihre einzige Hoffnung an diesem Abend blieb das Gespräch mit Mister Brown. Sie sah auf ihre Taschenuhr. Noch fünfzehn Minuten, die sie in diesem Zimmer Fragen an Jack stellen konnte.

„Weißt du, ob Eddy sich hier irgendwelchen Ärger eingefangen hat? Mit einem Kunden vielleicht, oder einem anderen Jungen?"

„Nee, weiß ich nichts von. Hören Sie, auch wenn ich eben Konkurrenz gesagt habe, ich mach den Jungen hier keinen Ärger. Dann würde ich es mir ja mit Hammond verderben. Das kann ich mir nicht leisten. Falls Eddy irgendwelche Probleme hatte, mit mir hat er darüber jedenfalls nicht geredet. Er ist sowieso einer, der nicht so viel redet. Sagen Sie mal, darf ich Sie was Persönliches fragen?"

„Das kommt auf die Frage an…"

„Naja, ich meine, wenn Sie das hier nicht wollen — mögen Sie lieber Frauen?"

„Das geht dich nichts an."

„Schon gut, ich dachte nur, falls Sie Interesse hätten, eine Freundin von mir arbeitet in einem…"

Josephine unterbrach ihn. „Nein, danke. Kein Interesse."

Er zuckte lässig mit den Schultern. „Wie's beliebt, Miss."

Nicht, dass sie nie über solche Dinge nachgedacht hätte. Fast acht Jahre allein in dieser Stadt, das war eine lange Zeit. Sie war einmal verliebt gewesen, da hatte sie noch in Islington gewohnt. Aber sie hatte sich nie getraut, es ihrer Freundin zu sagen. Maisie war mittlerweile verheiratet und nach Shoreditch gezogen. Aus ihnen wäre ohnehin nie etwas geworden … Und als Mann gekleidet in ein Bordell zu gehen, mit diesem Gedanken hatte Josephine schon gespielt. Aber sie hatte kein Interesse an Liebesspielen, wie sie ein Mann ausführen würde. Aber wie hätte sie das einer Prostituierten erklären sollen? Allein schon der Gedanke machte ihr Angst. Außerdem hatte sie nicht das Geld für solchen Luxus übrig gehabt zu jener Zeit. Sich selbst zu befriedigen, das war zwar einsam und vielleicht sündhaft, aber es war besser als nichts … und gewiss auch besser als peinliche Enthüllungen vor einer Fremden.

Sie verscheuchte die trübsinnigen Gedanken und wandte sich wieder Jack zu. „Ich habe keine Fragen mehr an dich. Ich denke, wir können das Zimmer wieder frei geben." Sie kramte in ihrer Handtasche und war froh, dass sie einen kleinen Vorschuss von Mister Bostwick für den nächsten Heftroman bekommen hatte. Sie gab Jack einen Sovereign, wie vereinbart. Das entsprach zwanzig Shilling. Mehr als der doppelte Wochenlohn eines Telegrammboten. Und das innerhalb einer halben Stunde verdient. „Wie viel bekommst du eigentlich davon und wie viel geht an Hammond?"

„Oh, das darf ich Ihnen nicht sagen, er würde mich hinauswerfen, wenn ich seine Geschäftsgeheimnisse ausplaudere."

Sie machte eine wegwerfende Geste. „Nun, das hätte ich mir denken können. Ich danke dir für das Gespräch."

Er lachte. „Das war leicht verdientes Geld und ich bin nicht mal ins Schwitzen geraten. Wird den nächsten Herrn freuen, den ich heute noch beglücken darf. Ich hoffe, Sie finden Eddy. Alles Gute."

„Ja, das hoffe ich auch."

Wenig später klopfte sie an der Zimmertür im ersten Stock.

„Wer ist da?", erklang die Stimme von Mister Brown.

„Ich bin es – Esmeralda."

„Na, dann mal herein."

In diesem Zimmer war es noch wärmer als in dem im Erdgeschoss. In der Luft hing ein seltsamer Geruch, nach Schweiß und anderen Körperausdünstungen, über die sie lieber nicht weiter nachdenken wollte. Mister Brown und Henry hatten beide gerötete Gesichter und sahen verschwitzt aus.

Sie lagen aneinandergeschmiegt unter der Bettdecke, die Bekleidung hing auf einem Stuhl. Ein Paar Socken lag auf dem Teppich. Mister Brown stützte sich lässig mit den nackten Armen auf, rutschte etwas unter der Bettdecke hervor und präsentierte dabei eine rötlich beharrte Brust. Sie wusste kaum, wohin sie schauen sollte, aber ihr saß die Zeit im Nacken, denn die beiden würden das Zimmer gewiss bald räumen. „Danke, dass ich noch einmal mit Ihnen … mit euch sprechen darf."

Mister Brown machte eine auffordernde Geste. „Nur heraus damit. Ich würde mich freuen, wenn ich bei der Suche nach Eddy behilflich sein kann."

Sie hatte nicht mit soviel Hilfsbereitschaft gerechnet, aber offenbar sah er in Eddy mehr als nur einen austauschbaren Strichjungen, der ihm und anderen Männern Vergnügen bereitete.

Sie wandte sich an Newlove. „Henry, hat Eddy mal irgendetwas erwähnt, was auf Ärger hindeuten könnte? Einen Postkunden vielleicht?"

Der Jugendliche schien zu überlegen. „Er hat mal erwähnt, dass ein Kunde sich aufgeregt hat, weil ihn ein Telegramm zu spät erreicht hat. War irgendwas Geschäftliches. Aber der Kerl war beim ersten Botengang nicht in seinem Geschäft, also wie hätte Eddy ihm das Telegramm rechtzeitig zustellen sollen?"

„Hat Eddy denn erzählt, wie der Kunde reagiert hat?"

„Scheint ein jähzorniger Kerl zu sein, er hat ihm eine Ohrfeige verpasst und gedroht, sich bei seinem Vorgesetzten zu beschweren."

„Hat er das gemacht?"

„Weiß ich nicht. Das kann sein."

„Hatte Eddy … ich meine, schien er Angst zu haben vor diesem Mann?"

„Ja, schon. Er sprach davon, dass er lieber eine

andere Route hätte, wollte diesem Herrn wohl aus dem Weg gehen."

„Wie lange ist das denn her, dieser Vorfall mit der Ohrfeige?"

„Ach, bestimmt schon einen Monat oder etwas länger. Eddy hat auch wirklich die Route wechseln dürfen, er ist jetzt in Marylebone unterwegs."

„Und weißt du, wo dieser Herr sein Geschäft hat?"

„Der hat einen Laden für Gewürze und andere Waren, sagte Eddy. Am Torrington Place, das ist in der Nähe von Grants Zoologischen Museum. Mehr weiß ich nicht."

„Haben Sie noch mehr Fragen? Ich würde mich nämlich gern wieder anziehen", sagte Brown und machte Anstalten, aufzustehen.

„Nein, und danke, dass Sie sich die Zeit genommen habe."

„Ich mag Eddy", sagte Brown frei heraus. „Ich schätze, wir alle mögen ihn – bis auf Jack vielleicht, der sieht gelegentlich etwas missmutig drein. Ist vermutlich neidisch auf die Jugend. Eddy ist ein guter Junge, und nicht nur im Bett."

„Was meinen Sie?"

„Naja, er redet nicht viel über sich, aber er interessiert sich für die anderen und ihre Probleme. Hat das Herz am rechten Fleck, verstehen Sie? Ich kann mir nicht vorstellen, dass er irgendwelche Dummheiten macht und das Risiko eingehen würde, sich in Schwierigkeiten zu bringen."

Ähnliches hatte auch seine Schwester über ihn gesagt.

„Ich verstehe. Danke für Ihre Anteilnahme, Mister Brown. Ich wünsche Ihnen beiden noch einen schönen

Abend."

„Ihnen auch. Und viel Erfolg bei der Suche."

Sie knickste und verließ den Raum. Wenig später bat sie Mister Hammond um ein kurzes Gespräch unter vier Augen. Er führte sie in sein Büro. „Ist alles in Ordnung? War der Abend zu Ihrer Zufriedenheit?"

„Alles bestens", behauptete Josephine. „Ich hätte eine Frage. Ich bin auf der Suche nach Eddy…"

„Der war zuletzt am Freitag hier. Er ist diese Woche noch nicht bei der Arbeit erschienen, sagte mir Henry. Vielleicht ist er krank? Kommen Sie doch nächste Woche noch mal her."

„Ich kenne seine Schwester. Sie weiß nicht, dass er hier arbeitet, aber sie sagte mir, er sei Freitag nicht nach Hause gekommen und auch nicht am Wochenende. Ich habe mich gefragt, ob er vielleicht Ärger hatte mit einem Ihrer Kunden. Haben Sie vielleicht etwas mitbekommen? Ich bin Ihnen für jeden Hinweis dankbar."

„Sind Sie deshalb hierher gekommen, wegen Eddy?"

„Nein", wehrte sie ab. „Wirklich nicht. Ich meine, nicht nur. Ich hatte viel Spaß mit Jack vorhin und eben auch kurz mit Mister Brown und Henry." Es fiel ihr schwer, dem prüfenden Blick ihres Gegenübers standzuhalten. Würde er ihre Lüge durchschauen?

Hammond blickte sie eindringlich an. „Esmeralda — oder wie immer Sie heißen. So sehr ich Ihre Sorge um den jungen Eddy verstehen kann; es liegt nicht in meinem Interesse, Ihnen vertrauliche Informationen über meine Kunden mitzuteilen. Ich würde damit meine eigene Existenz gefährden, das muss Ihnen klar sein. Ich kann Ihnen versichern, in meinem Haus habe ich nichts Verdächtiges beobachtet, was mit ihm im

Zusammenhang stehen könnte. Er arbeitet ja als Telegrammbote, das heißt, er kann sich sonstwo Ärger eingefangen haben. Fragen Sie doch beim General Post Office nach, vielleicht finden Sie dort mehr heraus."

Mit einer solchen Reaktion hatte sie gerechnet. Das einzige Druckmittel, das sie hatte, war wirkungslos, denn Hammond mit der Polizei zu drohen, würde sie selbst in Gefahr bringen, und Eddy ebenso. Die Polizei würde das Bordell hochnehmen, aber sie würden nicht nur Hammond verhören, sondern auch sie. Und Eddy, wenn sie ihn fanden.

„Hören Sie, ich wünsche Ihnen wirklich viel Glück bei der Suche nach Eddy", sagte er. „Ist ein guter Bursche, würde mich traurig stimmen, wenn ihm was zugestoßen wäre. Und ich rate Ihnen sehr, nicht die Polizei einzuschalten. Die würden hier alles auffliegen lassen, und wenn die Eddy in die Mangel nehmen, landet er ebenfalls im Gefängnis. Sie sehen also, es wäre weder in Ihrem noch in meinem oder Eddys Interesse, wenn die Polizei von meinem Etablissement erfährt. Das ist Ihnen hoffentlich klar?" Er blickte sie scharf an, aus schmalen, zusammengekniffenen Augen.

„Glasklar. Keine Polizei", antwortete sie mit fester Stimme, doch sie konnte nicht verhindern, dass ihre Finger leicht zitterten, denn die unverhohlene Drohung in seinen Worten machte ihr Angst.

"Gut, dann verstehen wir uns also. Und nun entschuldigen Sie mich bitte, ich habe noch reichlich Papierkram zu erledigen." Er deutete auf die Seiten, die auf seinem Schreibtisch lagen.

Sie verabschiedete sich und musste dabei ein Zähneknirschen unterdrücken.

Nun hatte sie also zwei dürftige Spuren. Einen

Vornamen, dazu ein Gesicht, und ein Gewürzgeschäft in Soho. Auf dem Heimweg ließ sie sich alles durch den Kopf gehen, was sie erfahren hatte. Da war also auf der einen Seite dieser Postkunde mit dem Laden am Torrington Place, der mit Eddy aneinander geraten war. Und dann dieser George, der Aschblonde mit dem gezwirbelten Schnurrbart – vermutlich ein Mitglied der Oberschicht. Möglicherweise lebte er in der Nähe dieses Hauses. Aber North Soho war keine Gegend für Adlige oder Bürgerliche von hohem Stand. Eher schon … Marylebone. Eddy war doch nun in diesem Stadtteil unterwegs. Konnte es sein, dass er jenen Gentleman auf seiner Route dort kennengelernt hatte? Auszuschließen war es nicht. Aber Marylebone war groß. Dort wohnten viele aus der Oberschicht, das wusste sie durch Gespräche aus Lady Thelmas Club. Dieser Gedanke brachte sie auf eine weitere Idee…

13

Montag, 1. Juli 1889

„Verzeihen Sie mein unangekündigtes Hereinplatzen", entschuldigte sich Josephine bei Lady Thelma, nachdem das Dienstmädchen Liz sie in den Salon geführt hatte. „Aber es ist eine dringende Angelegenheit."

„Bitte, kommen Sie herein." Lady Thelma schien sich nicht gestört zu fühlen, zumindest zeigte sie es nicht. „Liz, sei so gut und serviere uns einen Tee und die Sandwiches, über die wir gesprochen haben."

„Sehr wohl, Lady Thelma."

Die Hausherrin trug heute ein lavendelfarbenes Nachmittagskleid, das ihre Rundungen gut zur Geltung brachte.

„Eliza ist in der Stadt, sie hat sich mit einer Freundin zum Einkaufen verabredet", erklärte sie. „Das Wetter ist ja recht angenehm heute, finden Sie nicht auch?"

Eine Weile tauschten sie die üblichen Höflichkeiten aus. Liz servierte ihnen einen kräftigen Tee und hauchdünne, dafür aber reichlich belegte Sandwiches, die köstlich schmeckten.

„Was führt Sie zu mir, meine Liebe?", fragte Lady Thelma schließlich.

„Es geht um den jungen Mann, von dem ich Ihnen kürzlich in Ihrem Salon berichtet habe. Eddy Blackmore ist sein Name. Er ist noch immer verschwunden, das habe ich heute Morgen von seiner Schwester erfahren. Sie hat mittlerweile Zettel drucken lassen, in der Nachbarschaft aufgehängt und herumgefragt, aber niemand hat ihn gesehen. Ich war gestern allerdings in jenem Bordell, in dem er von Zeit zu Zeit arbeitet, und dort konnte mir ein Herr einen Namen nennen, von einem anderen Gentleman, den ich zusammen mit Eddy Blackmore gesehen habe. Und es scheint, dass dieser Herr namens George offenbar der Oberschicht angehört, zumindest wirkte seine Kleidung auf mich so und auch seine Art zu sprechen. Ich habe kaum Anhaltspunkte, anhand derer ich ich weiter nach Eddys Verbleib forschen kann. Deshalb wollte ich Sie fragen, ob Sie einen George kennen."

Lady Thelmas Lippen kräuselten sich zu einem amüsierten Lächeln. „Ach, meine Liebe, George ist ein sehr häufiger Name ... Ich kenne mindestens fünf Georges, wenn nicht mehr. Die meisten davon haben mehrere Vornamen, nicht jeder von ihnen wird George genannt. Können Sie den Mann denn näher beschreiben?"

„Natürlich. Er hat aschblondes Haar, leicht wellig. Und einen dieser Lenkstangenschnurrbärte, wissen Sie, mit hoch gezwirbelten Enden."

„Diese Schnurrbartform ist sehr beliebt. Der Duke of Clarence, ich meine Prinz Albert Victor, trägt solch einen Schnurrbart. Ich habe ihn vor einiger Zeit bei einem königlichen Empfang gesehen. Hmm … gibt es noch etwas, was Sie mir über diesen George sagen können?"

Josephine überlegte kurz und rief sich das Gesicht des Mannes ins Gedächtnis. Seine Augenfarbe hatte sie sich nicht gemerkt und etwas andere fiel ihr auch nicht mehr ein. „Ich fürchte, nein. Außer, dass er ein sehr gepflegtes Äußeres hatte und sichtlich teure Kleidung trug", erklärte sie.

„Also ein blonder Mann mit einem Lenkstangen-schnurrbart, der möglicherweise George heißt … Lassen Sie mich kurz überlegen …" Lady Thelma sah einen Moment lang geistesabwesend aus dem Fenster. „Ihre Beschreibung trifft tatsächlich auf jemanden zu, den ich kenne", sagte die ältere Dame zögernd. „Allerdings ist George nur einer seiner Vornamen, sein Rufname ist Arthur. Aber die Beschreibung passt auf ihn."

„Können Sie mir mehr über diesen Arthur sagen?"

„Arthur George Wellbrinks. Er ist ein Anwalt, also ein Bürgerlicher, der aber auch in der Oberschicht verkehrt, weil er zum Teil adlige Klienten hat und deren Interessen vertritt. Ich habe ihn auf einer Soirée kennengelernt. Er erschien mir ein heller Kopf zu sein, ich hatte mit ihm ein Gespräch über die moderne Kunst. Er ist ein Kunstliebhaber und hat mir vom sogenannten Impressionismus vorgeschwärmt, der in Frankreich so populär ist dieser Tage. Aber zunehmend findet er auch hier Anhänger. Ach, verzeihen Sie, ich schweife ab..."

„Sie haben nicht zufällig eine Visitenkarte von ihm?"

„Warten Sie mal, da muss ich schauen. Einen Moment bitte." Lady Thelma verließ den Raum. Nachdenklich nippte Josephine an ihrem Tee. Hoffentlich war das eine weitere Spur, die ihr bei der Suche helfen würde.

Wenig später kehrte Lady Thelma zurück. „Es tut mir leid, ich habe keine Karte von ihm. Ich weiß nur, dass er in einer Anwaltskanzlei in Kensington arbeitet. Aber wenn Sie möchten, kann ich einen Bekannten fragen, der schon geschäftlich mit Wellbrinks zu tun hatte. Ich würde Ihnen dann eine Nachricht zukommen lassen, sobald ich mehr in Erfahrung gebracht habe.

„Das wäre sehr freundlich von Ihnen", sagte Josephine.

„Gut, dann verbleiben wir so, meine Liebe."

Nachdem sie noch eine Weile über andere Dinge geplaudert hatten, verabschiedete sich Josephine von Lady Thelma.

Abends erhielt sie einen weiteren Besuch von Constance Blackmore. Ihre Bekannte hatte dunkle Ringe unter den Augen und ihre Frisur wirkte etwas nachlässig. „Ach, Miss Murray … ich habe gestern im Krankenhaus nachgefragt, ob Eddy dort ist. Fehlanzeige. Und ich habe eine Vermisstenmeldung mit seinem Foto in die Zeitung setzen lassen."

„Oh ja, die habe ich gesehen."

„Leider hat sich noch niemand gemeldet. Deshalb werde ich auch in der Nachbarschaft noch Zettel aufhängen, sobald die Druckerei fertig ist. Und ich war bei seiner Arbeitsstelle, um dort nachzufragen. Aber niemand aus dem Postamt konnte mir etwas über seinen Verbleib sagen", berichtete Miss Blackmore mit bedrückter Miene.

Josephine sah sie mitfühlend an. „Das tut mir sehr leid." Sie berichtete ihrer Bekannten, was sie herausgefunden hatte. „Ich werde morgen das Kolonialwarengeschäft am Torrington Place aufsuchen, aber ich habe ehrlich gesagt noch keine Idee, was ich wegen des Anwalts unternehmen soll. Ich hoffe, Lady Thelma findet seine Adresse bald heraus und meldet sich bei mir. Und dann kann ich ihn in seiner Anwaltskanzlei aufsuchen und ihn vorsichtig ausfragen." Sie hatte noch keine Ahnung, wie sie das tun sollte, aber ihr würde schon etwas einfallen.

„Aber sie haben schon so viel für mich getan, ich kann Ihre Zeit doch nicht so sehr in Anspruch nehmen." Miss Blackmores Gesicht bekam einen verzweifelten Ausdruck und ihre Stimme verlor sich zu einem Flüstern.

Josephine zog es das Herz zusammen, ihre neue Bekannte so unglücklich zu sehen. Sie blickte ihren Gast direkt an. „Hören Sie, meine Liebe, es ist doch kein Aufwand, wenn ich diesen Anwalt und den Gewürzhändler aufsuche und denen einige Fragen stelle. Vielleicht wissen wir dann schon mehr über Eddys Verbleib. Und machen Sie sich keine Gedanken um die Bezahlung. Das maßgeschneiderte Kleid wird mir Belohnung genug sein."

„Das … das ist sehr großzügig von Ihnen."

„Ach, da fällt mir ein, mir ist kürzlich ein Rocksaum eingerissen. Würden Sie mir den vielleicht zusätzlich reparieren, wenn wir Eddy wiedergefunden haben?"

„Geben Sie mir den Rock einfach mit, ich erledige das gern schon jetzt."

„Danke. Wissen Sie, ehrlich gesagt mache ich mir mittlerweile auch Sorgen um Ihren Bruder, auch wenn ich ihn nicht näher kenne."

Constance Blackmore sah sie verwundert an. „Es ist selten in dieser Stadt Menschen wie Sie zu finden, Miss Murray. Ich danke Ihnen von Herzen."

Josephine schüttelte den Kopf. „Bitte danken Sie mir erst, wenn Eddy wieder da ist. Sagen Sie … mir ist noch ein anderer Gedanke gekommen. Hat er irgendwann einmal Andeutungen gemacht, dass er hier nicht glücklich ist? In Hammersmith, oder mit seiner Arbeit als Telegrammbote, meine ich."

„Was wollen Sie damit sagen?" Ihre Besucherin

blickte sie verwundert an.

„Nun, nehmen wir einmal an, dass er einfach abgehauen ist…"

Miss Blackmore schüttelte den Kopf. „Nein, das kann ich mir nicht vorstellen. Natürlich hat er hin und wieder über die Arbeit geklagt, das schon. Den ganzen Tag auf den Beinen, die Bezahlung eher bescheiden. Aber dann lacht er meistens und sagt, Lehrjahre seien keine Herrenjahre. Aber irgendwann sei die Lehrzeit schließlich um. Eddy ist ehrgeizig, wissen Sie. Er möchte etwas aus sich machen. Dass er ausgerechnet auf einen so unsittlichen Nebenverdienst verfallen ist, damit hätte ich allerdings nie gerechnet. Aber auch das könnte man als Zeichen seines Ehrgeizes betrachten."

„Ich fürchte, ich kann Ihnen nicht ganz folgen."

„Ich meine, er möchte mehr verdienen und arbeitet dafür sogar in manchen Nächten, obwohl er am folgenden Tag wieder früh die Telegramme austragen muss. Warum nimmt er das auf sich, noch dazu in solch einem … unmoralischen Haus?"

Josephine lag etwas auf der Zunge, aber es war gewiss nicht angebracht, es auszusprechen. Dass Eddy ausgerechnet als Stricher arbeitete, ließ nur allzu leicht den Schluss zu, dass er dem eigenen Geschlecht zugeneigt war.

Immerhin waren damit starke Risiken verbunden. Aber es ging sie nichts an, wen er bevorzugte, das war eine Familienangelegenheit zwischen den beiden Geschwistern.

Deshalb schwieg sie lieber und zuckte nur mit den Achseln. Sie suchte den beschädigten Rock aus dem Kleiderschrank heraus und gab ihn Miss Blackmore mit, als diese sich wenig später verabschiedete.

14

Dienstag, 2. Juli 1889

Das Gewürzgeschäft am Torrington Place hielt allerhand Waren aus den Kolonien bereit: Currymischungen, verschiedene Sorten Tee und Pfeffer aus Indien, Zimt aus Ceylon, Kaffeebohnen aus Uganda, Kakaopulver aus der Kronkolonie Goldküste[6].

All das verriet der redselige Händler einigen Damen, deren Kleidung ihren Wohlstand verriet und die mit ihr den Laden betreten hatten.

Josephine musterte ihn aus dem Augenwinkel, während sie vorgab, die Waren zu begutachten. Das war also der Mann, der laut Henry so erbost reagiert hatte, als Eddy ein Telegramm zu spät lieferte. Dieser Händler wirkte adrett, gepflegt von Kopf bis Fuß. Seine Fingernägel waren sorgsam manikürt und er hatte eine angenehme Stimme. Anhand der feinen Falten in seinem Gesicht schätzte sie ihn auf Anfang Vierzig. Er hatte eine gesunde Gesichtsfarbe, die Weste spannte leicht über seinem Bauch.

Offenbar verstand er etwas von seinem Geschäft, denn im Nullkommanichts hatte er zweien der Damen mehrere Päckchen mit Gewürzen abgewogen, ihnen Teedosen in die Einkaufskörbe gepackt und es geschafft, das alles mit charmanten Komplimenten und Bemerkungen übers Wetter zu garnieren. Ein talentierter Verkäufer. Josephine wartete, bis die Damen den Laden verlassen hatten.

6 Heute: Ghana

„Und was kann ich für Sie tun, Miss?", fragte er im Tonfall professioneller Freundlichkeit.

„Ach wissen Sie, ich habe gehört, Sie hatten hier neulich Probleme mit einem Telegrammboten?", begann sie im Plauderton einer Klatschtante.

„Das ist wahr." Er wirkte verblüfft, dann schien er sich zu besinnen. „Hat mein Lehrling Ihnen das erzählt? Außer ihm und dem Boten hat niemand davon gehört."

„Ganz recht, so war es."

„Ich werde mit dem jungen Northam mal ein ernstes Wörtchen reden müssen. Ist heute nicht hier, hat die Grippe. Aber warum wollen Sie das wissen … Miss?" Nachdenklich sah er sie an. In seinem Blick lag jene Irritation, die aufmerksame Betrachter ihr des Öfteren schenkten. Menschen, die sich fragten, warum sie so groß war, ihr Gesicht so kantig und ihre Schultern so breit.

Sie lächelte geziert. „Ach, wissen Sie, ich warte auf ein dringendes Telegramm, aber es ist immer noch nicht da. Ich befürchte, der Bote hat es vielleicht verschlampt."

„Was Sie nicht sagen, das ist ja ähnlich wie bei mir. Ist schon einen Monat her, da habe ich auch auf dringende Post gewartet – geschäftlich. Der Bote hat sie erst einen Tag später gebracht, dadurch habe ich Verluste gemacht. Ich war ziemlich aufgebracht, wie man sich denken kann."

„Das ist verständlich", versicherte sie ihm. „Kennen Sie diesen Boten denn schon länger?"

Er zuckte mit den Achseln. „Ach, die sehen doch alle gleich aus mit ihren Uniformen und Kappen. Aber, jetzt wo Sie es sagen, der hat mir immer pünktlich die

Post gebracht, bis zu diesem Tag, wo es schief gelaufen ist. Hat sich mehrmals entschuldigt. Ich fürchte, ich hab ihn etwas hart angefasst. Aber in den letzten Tagen war er nicht da, es kam immer ein anderer Bote. Der ist zuverlässig und pünktlich."

„Sind Sie dem anderen Boten denn sonst schon mal begegnet?"

Er schien ehrlich erstaunt über die Frage. „Nein, warum fragen Sie?"

„Ach, verzeihen Sie, ich bin einfach neugierig. Aber gut, dass jetzt ein anderer, zuverlässigerer Bote die Telegramme bringt, dann werde ich sicherlich meines bald erhalten."

„Das denke ich auch, Miss. Machen Sie sich keine Sorgen."

Sie lächelte ihm höflich zu, kaufte eine kleine Packung Tee und verließ den Laden.

Da sie noch keine Nachricht von Lady Thelma bekommen hatte, machte sie sich zu Fuß auf den Weg zu ihr nach Chelsea und klingelte an der Tür. Das Dienstmädchen Liz teilte ihr mit, dass die Lady ausgegangen sei, aber Miss Thorpe sei zu Hause.

„Dann würde ich gern mit Miss Thorpe sprechen, bitte."

Liz führte sie in den Besuchersalon, der ihr schon so vertraut war von ihren bisherigen Besuchen hier. Sie nahm in einem der Sessel Platz.

Miss Thorpe ließ sich nicht lange auf sich warten, sie kam in einem hellbraunen Nachmittagskleid herein und begrüßte Josephine herzlich. „Schön Sie zu sehen. Aber Sie wollten eigentlich Thelma sprechen, nicht wahr?", erkundigte sie sich.

„Ja, das stimmt, aber vielleicht können Sie mir auch weiterhelfen. Ich bat Lady Thelma um die Adresse eines gewissen Arthur Wellbrinks, ein Anwalt. Sie sagte mir, er sei in einer Anwaltskanzlei in Kensington tätig und diese Adresse suche ich."

„Ah, davon hat sie mir erzählt. Und sie sagte mir, sie würde sich heute Abend darum kümmern, dass Sie eine entsprechende Nachricht erhalten. Sie hat heute viel zu tun, wegen einer Wohltätigkeitsveranstaltung, die sie mit organisiert. Deshalb ist sie auch ausgegangen. Aber da Sie nun schon hier sind – warten Sie bitte einen Moment, ich werfe einen Blick auf Thelmas Schreibtisch."

Miss Thorpe verließ den Salon. Kurz darauf kehrte sie mit einem Zettel in der Hand wieder. „Hier, ich hoffe, das hilft Ihnen weiter."

Josephine warf einen Blick auf das Papier.

Anwaltskanzlei Wellbrinks, Morrison & Westfield
25 Hornton Street, Kensington

„Vielen Dank, das hilft mir sehr weiter."

„Oh, danken Sie nicht mir, sondern der guten Thelma, wenn Sie sie wiedersehen."

„Das werde ich tun."

Von Chelsea bis nach Kensington war es nicht weit, ungefähr vierzig Minuten zu Fuß. Sie wandte sich nordwärts, vorbei an vornehmen und weniger vornehmen Häusern, einer alten Kirche und kleineren Parkanlagen, die durch ihr sommerliches Grün auffielen. Unterwegs lief sie fast in einen Haufen Pferdeäpfel, als sie einem Passanten auswich. Das Klappern von Pferdehufen auf den Pflastersteinen vermischte sich mit dem

Zwitschern der Singvögel. Ein Zeitungsjunge kam ihr entgegen, doch sie schüttelte den Kopf, noch ehe er eine Schlagzeile oder den Preis der Zeitung ausrufen konnte. Er zuckte mit den Achseln und lief weiter, auf einen Mann zu, der ihn heranwinkte.

Auf ihrem Weg überlegte sie sich Fragen, die sie Wellbrinks stellen konnte. Ihre Gedanken drehten sich dabei wie in einem Jahrmarktskarussell, so dass sie am Ende ziemlich verwirrt war. Was um alles in der Welt sollte sie den Anwalt fragen, ohne sich – oder Eddy – in Gefahr zu bringen? Falls von diesem Anwalt überhaupt eine Gefahr ausging, aber es war wohl besser mit dem Schlimmsten zu rechnen…

In der Hornton Street in Kensington sah sie aneinandergereihte mehrstöckige Häuser aus Backsteinen, mit weißen Fensterrahmen und Dachgiebeln. An einem dieser Häuser fand sie das Schild, nach dem sie gesucht hatte: „Anwaltskanzlei Wellbrinks, Morrison & Westfield".

Jetzt war nur noch die Frage, ob dieser Arthur Wellbrinks sich zu dieser Stunde dort aufhielt. Ihr Herz raste und sie musste sich dazu überwinden, den Türklopfer zu betätigen. Eine bange Minute des Wartens folgte. Schließlich öffnete ihr ein fremder Herr mit dunkelbraunem Haar und einer Hornbrille.

„Guten Tag. Sie wünschen?"

„Guten Tag, Sir. Ich würde gern mit Arthur Wellbrinks sprechen."

„Kommen Sie herein, Miss, er ist in seinem Büro."

Er führte sie ins Haus und deutete im Korridor auf eine dunkle Tür, an der ein kleines Messingschild mit den Namen „Arthur George Wellbrinks" angebracht war.

Sie bedankte sich bei ihm und klopfte. Wenn sie doch nur nicht so nervös wäre!

„Herein!"

Jetzt war die Stunde der Wahrheit gekommen. Sie öffnete die Tür. Der Mann, der an seinem Schreibtisch saß und ihr entgegen sah, hatte ordentlich gekämmtes blondes Haar und einen stattlichen Lenkstangenschnurrbart mit gezwirbelten Enden. Doch damit endete die Ähnlichkeit mit dem Mann aus der Cleveland Street, der mit Eddy verabredet gewesen war. Das hier war er jedenfalls nicht, auch wenn die beiden durch ihr Haar und die Art es zu tragen, eine gewisse Ähnlichkeit hatten.

„Ja, bitte?" Fragend sah er ihr entgegen.

Sie wurde rot vor Verlegenheit. „Verzeihen Sie, ich wollte eigentlich zu Mister Morrison. Er wurde mir empfohlen. Ich fürchte, ich habe Sie beide verwechselt."

„Ah, verstehe. Mister Morrison hat Sie sicher hereingelassen. Sein Büro ist direkt gegenüber von meinem."

„Vielen Dank und verzeihen Sie die Störung."

„Nicht der Rede wert, Miss. Einen schönen Tag noch. Schließen Sie bitte die Tür, wenn Sie hinausgehen."

Sie nickte ihm zu, schloss die Tür hinter sich und verließ rasch die Räumlichkeiten der Kanzlei, ehe ihr Mister Morrison oder Mister Westfield über den Weg liefen.

Auf dem Rückweg zerbrach sie sich den Kopf, was sie falsch gemacht hatte. Irgendetwas an ihrer Beschreibung stimmte nicht, oder sie war nicht präzise genug gewesen. Noch einmal rief sie sich das Gesicht von diesem George ins Gedächtnis. Aber natürlich. Ein Merkmal hatte sie übersehen – sie musste unbedingt noch einmal mit Lady Thelma sprechen. Also lief sie den ganzen Weg nach Chelsea zurück, in der Hoffnung, dass die Lady mittlerweile von den Vorbereitungen für ihre Wohltätigkeitsveranstaltung zurückgekehrt war.

Doch Liz musste sie enttäuschen, und nun war auch Miss Thorpe ausgegangen. Josephine bat das Dienstmädchen darum, dass sie der Lady eine Nachricht schreiben durfte.

Sie nahm das Notizbuch aus ihrer Handtasche, dass sie fast immer bei sich trug und schrieb mit einem Bleistift folgendes:

Werte Lady Thelma,

ich war bei Arthur Wellbrinks, doch es handelt sich nicht um den von mir Gesuchten. Als ich Ihnen den Mann beschrieb, der sich George nennt, habe ich eine Kleinigkeit vergessen – er hat nicht nur welliges blondes Haar und einen Lenkstangenschnurrbart, worin er, wie ich vorhin feststellen konnte, Mister Wellbrinks sehr ähnelt, sondern auch einen Schmiss an der rechten Wange, eine kleine rötliche Narbe. Kennen Sie einen Mann, auf den diese Beschreibung zutrifft? Lassen Sie mir gern in jedem Fall eine Nachricht zukommen, das würde mir sehr weiterhelfen.

Herzlichst,

Ihre Josephine Murray

„Bitte geben Sie ihr das, es ist sehr dringend", sagte sie zu Liz.

Das Dienstmädchen nickte eilfertig. „Das werde ich

der Lady sofort ausrichten, wenn sie nach Hause kommt."

Ob diese etwas genauere Beschreibung helfen würde? Wenn Lady Thelma diesen Mann kannte, vielleicht. Ansonsten war das hier vielleicht alles vergebliche Liebesmüh und ihr lief die Zeit davon. Ein grausiger Gedanke kam ihr: Was, wenn Eddy in Lebensgefahr schwebte, oder …

Nein, sie konnte diesen Gedanken nicht zu Ende denken. In ihren Kriminalgeschichten gab es ständig Tote, aber die waren schließlich nur erfunden. Sie musste wieder an den Mörder aus dem East End denken, der die Stadt über Monate hinweg in Angst und Schrecken gehalten hatte.

In dieser Nacht hatte sie Schwierigkeiten einzuschlafen; das Bangen um Miss Blackmores Bruder hielt sie lange wach.

15

Mittwoch, 3. Juli 1889

Vormittags saß Josephine wie auf Kohlen in ihrer Wohnung. Aufs Schreiben konnte sie sich kaum konzentrieren und vertippte sich mehrmals. Sollte sie Lady Thelma noch einmal aufsuchen? Lieber nicht, dass hätte wieder einen weiten Weg bedeutet, der vielleicht umsonst war. Ihr Detective Inspector in dem Roman tappte auf den Seiten vor ihr ebenso im Dunkeln wie sie. Sie trank eine Tasse Tee nach der anderen, obwohl ihr das nicht gut tat.

Um die Mittagszeit kam ein Bote zu ihr – nicht einer der Uniformierten vom Postamt, sondern einer der vielen jungen Leute, die überall in der Stadt direkt Nachrichten überbrachten. Ihre Hände zitterten vor Aufregung, als sie den Brief entgegen nahm, ein zusammengefaltetes Papier, welches mit Wachs versiegelt war. Das Siegel zeigte ein Wappen, darunter den Buchstaben „C".

Sie drückte dem Boten eine Münze in die Hand. Als er gegangen war, kehrte sie mit dem Brief an ihren Schreibtisch zurück und brach das Siegel auf.

Geehrte Miss Murray,

ich habe Ihre Nachricht erhalten. Was für ein Pech, diese Verwechslung. Ihre neue Beschreibung des gesuchten Mannes hat mich eine Weile rätseln lassen. Dann habe ich meine Freundin Eliza um Rat gefragt und sie hat sich an eine Abendgesellschaft erinnert, zu der ich vor einigen Monaten eingeladen habe. Bei dieser Gelegenheit hatte ich Besuch von Lady Louise Craven und ihrem Mann, dem siebten Baron Craven. Wie Sie beschrieben haben, hat er eine kleine Narbe auf der rechten Wange. Was mir allerdings nicht aufgefallen ist. Wissen Sie, meine Augen sind nicht mehr die besten. Aber Eliza hat sich an dieses Merkmal erinnert.

Seine Eltern haben einen Landsitz in Berkshire, aber er lebt in ihrem Londoner Stadthaus, mit seiner Frau und drei Kindern. Sein Name ist Baxter Christopher George. Er hat den Rang eines Offiziers inne, soweit ich weiß. Wenn er es ist, den Sie in jenem Haus gesehen haben … dann hat er offensichtlich einiges zu verbergen vor seiner Familie. Aber ich kann mir nicht vorstellen, dass er etwas mit dem Verschwinden dieses jungen Mannes zu tun hat. Ich hatte jedenfalls von ihm bisher nur den besten Eindruck, er ist immer zuvorkommend und höflich, ganz der Gentleman.

Josephine war froh und bestürzt zugleich über diese Nachricht. Vermutlich hatte dieser Adlige gar nichts mit Eddys Verschwinden zu tun? Dennoch, es bot ihr einen Anhaltspunkt, denn offensichtlich kannte er den jungen Blackmore näher. Sie las die Nachricht zu Ende; Lady Thelma berichtete, dass sie eine Visitenkarte von dem Baron anlässlich jener Abendgesellschaft erhalten hatte und nannte in ihrer Nachricht die entsprechende Adresse.

Josephine überlegte nicht lange, sie packte ihr Notizbuch, einen Stift und eine Flasche Wasser ein, danach verließ sie die Wohnung.

Der Cavendish Square befand sich direkt an einer runden, freundlich wirkenden Grünanlage mit mehreren Bäumen und einigen Blumenbeeten.

Direkt gegenüber lag das vierstöckige Gebäude, in

dem laut Lady Thelmas Nachricht der Baron mit seiner Familie lebte. Es verfügte über zwei Eingänge mit dekorativen Säulengiebeln. Josephine vermutete, dass nicht allein die Familie des Baron Craven hier wohnte, sondern noch eine weitere Familie.

Denn selbst für jemanden von Adel wirkte das Gebäude insgesamt zu groß, zumindest für ein Stadthaus. Sie erinnerte sich an Lady Thelmas Zeilen – seine Familie hatte einen Landsitz in Berkshire. Andererseits kannte sie sich mit den Wohnverhältnissen von Adligen wenig aus und konnte darüber nur spekulieren. In jedem Fall war zu hoffen, dass seine Familie nur einen der Hauseingänge benutzte, sonst würde es für sie noch schwieriger werden, sie zu beschatten.

In der Parkanlage Cavendish Square Gardens sah sie einige Parkbänke, die zum Verweilen einluden. Das Wetter zeigte sich gnädig heute, die Sonne schien und Singvögel zwitscherten munter in den Bäumen. Bevor ihr jemand die Bank mit dem besten Blick auf das Haus der Cravens streitig machen konnte, ging sie forschen Schrittes darauf zu, setzte sich in den Halbschatten und nahm ihr Notizbuch und einen Stift aus der Tasche.

*

Alles Warten half Detective Inspector Gleeson nicht. Feuchte Kälte kroch ihm in die Glieder, während er vor dem Haus ausharrte, in welchem er die Wohnstatt jenes feigen Mörder vermutete, der sich bisher allen Anschuldigungen zum Trotz mit einem wasserdichten Alibi hatte herausreden können. Sie hatten ihn laufen lassen müssen, weil sie ihm nichts nachweisen konnten. Also ermittelte er nun nicht ganz nach Vorschrift, hoffte aber darauf, dass es ihm auf diesem Weg gelingen würde, den Mörder doch noch zu überführen.

*

Im vergangenen Jahr hatte sie „Eine Studie in Scharlachrot" von Arthur Conan Doyle gelesen, einen mitreißend geschriebenen Kriminalroman über einen sehr klugen Detektiv, der die Kunst der Detektion zur Wissenschaft erhob, und seinen nicht ganz so klugen Mitbewohner, einen Arzt.

Ihr Verleger hatte ihr den Roman empfohlen und gesagt: „Schreiben Sie so etwas. Das wird das nächste große Ding, da bin ich mir sicher! Aber machen Sie es ein bisschen kürzer."

Und so hatte sie, wie gewünscht, ihrerseits den findigen Detective Inspector Gleeson entwickelt.

Alle paar Minuten blickte sie kurz zum Haus hinüber, aber dort tat sich nichts. Zu dieser Stunde waren nur wenig Leute im Park. Eine Gouvernante mit zwei Kindern, ein älterer Mann mit einem Hund, der an ihr vorüberging und grüßend seinen Hut zog. Sie nickte ihm zu, schrieb weiter und beobachtete das Gebäude gegenüber.

Da, die Tür öffnete sich. Eine Frau mit einem Kinderwagen erschien, hinter ihr ein Junge von etwa sieben Jahren, in kurzen Hosen, auf dem Kopf eine Schirmmütze. Der schlichten, zweckmäßigen Kleidung nach war die Frau keine Adlige, sondern vermutlich die Amme. Sie verließen das Haus, doch ihr Ziel war offensichtlich nicht der Park, denn sie gingen die Straße herunter. Hatte Lady Thelma nicht gesagt, dass der Baron drei Kinder hatte? Wo war dann das dritte Kind?

Vielleicht war es schon älter ... oder es lag ebenfalls im Kinderwagen, vielleicht waren es Zwillinge? Sie überlegte. Der Baron mochte um die dreißig sein, vielleicht ein wenig älter. Eher unwahrscheinlich, dass er bereits eine jugendliche Tochter oder einen Sohn hatte. Sie betrachtete noch einmal den Kinderwagen. Fast war die Frau mit den Kindern schon um die Ecke gebogen, aber sie konnte noch einen Blick darauf erhaschen. Er war wirklich ziemlich breit. Also Zwillinge.

Ob sie es wagen sollte, doch unter einem Vorwand bei den Cravens zu klingeln? Aber nein, das machte keinen Sinn. Wenn der Baron zu Hause war, würde er sie auf Anhieb erkennen, er hatte sie schließlich in der Cleveland Street gesehen. Das konnte nicht gut gehen. Aber selbst wenn er nicht zu Hause war, stattdessen aber seine Frau – was um alles in der Welt sollte sie der erzählen? Gewiss war es besser, weiter das Haus zu beobachten, auch wenn es ihre Geduld auf eine Probe stellte.

Ein Geräusch auf der Straße, das Rattern von Rädern auf den Pflastersteinen, riss sie aus ihren Gedanken. Die Amme kehrte mit dem Kinderwagen und dem Jungen zurück, offenbar war es nur ein kurzer Ausflug. Der Junge schien zu quengeln, aber Josephine konnte nicht hören, was er sagte.

Drei Stunden vergingen, in denen sie weiter Notizen für ihr neues Manuskript ausarbeitete und einige Seiten schrieb. Josephine bekam Durst und trank schluckweise aus der mitgebrachten Wasserflasche.

Wenig später hielt eine Kutsche vor dem Haus. Das Gefährt wirkte ziemlich vornehm; am Dach befand sich ein geschwungener hölzernen Bogen, der mit geschnitzten Blumen verziert war und auf der Tür war ein großes verschnörkeltes „C” angebracht.

Eine Dame in vornehmer Kleidung stieg aus. Hinter ihr erkannte Josephine den Baron auf Anhieb anhand seines auffälligen Schnurrbarts mit den gezwirbelten Enden wieder. Er hatte tatsächlich eine gewisse Ähnlichkeit mit dem Anwalt Wellbrinks, zumindest aus der Ferne. Die Dame an seiner Seite war gewiss die Ehefrau, Lady Louise, wenn sie sich richtig entsann. Der Baron sprach kurz mit dem Kutscher.

Kurz darauf wurden seine Frau und er von einem Diener ins Haus gelassen. Ob es noch Sinn ergab, weiter zu warten? Mittlerweile war die Teestunde bereits vorbei und Josephine fühlte ihren Magen knurren.

Die Frage war, ob er heute noch das Haus verlassen würde oder eher nicht. Josephine ging alle möglichen Szenarien durch. Vielleicht waren es Hirngespinste, aber wenn sie Eddy wiederfinden wollte, musste sie mit allem Möglichen rechnen. Eddy und der Baron waren intim miteinander gewesen … aber Eddy würde ihn gewiss nicht aufsuchen, während seine Familie zu Hause war.

Es war schon wahrscheinlicher, dass Eddy sich entweder doch wieder in der Cleveland Street blicken ließ – der Himmel mochte wissen, wo er sich im Moment aufhielt – oder aber, dass der Baron und Eddy sich irgendwo anders trafen. Vielleicht an einem neutralen Ort, in einem Café beispielsweise. Oder aber an einem Ort, an dem sie ungestört waren… Falls dieser Adlige sich überhaupt noch mit dem Telegrammboten traf. Vielleicht hatte er inzwischen das Interesse an ihm verloren? Auch das war eine

Möglichkeit, die sie in Betracht ziehen musste. Wenn sie doch nur mehr Anhaltspunkte hätte…

Zwei Stunden später gab sie die Beschattung auf. Sie war hungrig und erschöpft. Nur eine Bedienstete hatte das Gebäude verlassen, und im benachbarten Hauseingang waren auch Leute ein- und ausgegangen, aber nichts davon half Josephine weiter. Sie fühlte sich steif vom langen Sitzen, ihr Rücken schmerzte trotz des stützenden Korsetts. Sie versuchte sich die Rückseite des Gebäudes anzusehen, doch das war aufgrund der Bebauung nicht möglich. Falls es hinter dem Haus einen Garten gab, so war dieser von außen nicht einsehbar, da weitere Gebäude die Sicht versperrten. Also zog sie unverrichteter Dinge ab. Aber immerhin war es dank ihres Notizbuchs keine verlorene Zeit gewesen.

Allerdings würde sie Miss Blackmore nun berichten müssen, dass sie so gut wie nichts herausgefunden hatte. Ihr kam noch eine andere Idee, als sie die zusammenfaltbare Straßenkarte studierte, die sie mitgenommen hatte. Picadilly Circus war nicht weit von hier, und ein kleiner Spaziergang würde ihr nach dem langen Sitzen gut tun.

Zwanzig Minuten später erreichte sie den Platz, an dem die Strichjungen nach Kundschaft Ausschau zu halten pflegten. Einer von denen, ein Jugendlicher mit einer Zahnlücke, streifte sie mit einem irritierten Blick, als sie näher kam. Tilly war nicht unter den Jungen, doch sie entdeckte ein bekanntes Gesicht — den Iren namens Jack.

„Guten Abend", begrüßte sie ihn, behielt dabei aber eine höhere Stimmlage bei. „Kann ich Sie kurz sprechen?"

„Was wollen Sie, Miss? Ich kann hier nicht weg."

Du könntest schon, aber du willst nicht. Ob eine Münze dich überzeugen wird? Sie kramte in ihrer Tasche und beförderte einige Shilling zutage. Ein Leuchten trat in Jacks Augen.

Er kam zu ihr. „Also gut. Was kann ich denn für Sie tun, Miss?"

Sie lotste ihn weg von den anderen, in die Nähe einer mit bunten Plakaten beklebten Litfasssäule. „Du bist doch öfter bei … unserem gemeinsamen Bekannten. Ist dort dieser George noch mal aufgetaucht?"

„Nein. Ich war gestern Abend dort, aber er war nicht da. Aber Sie und ich, wir haben uns ja erst vor zwei Tagen gesehen. Und Eddy ist immer noch verschwunden?"

„Leider ja. Jedenfalls danke für die Auskunft. Falls dieser George wieder dort auftaucht, würdest du ihn einmal fragen, ob er Eddy gesehen hat?"

„Klar, warum nicht?"

„Und falls du etwas über Eddys Verbleib in Erfahrung bringst, sende mir bitte eine Nachricht an diese Adresse."

Sie zog eine ihrer selbstgeschriebenen Visitenkarten aus der Tasche und gab sie ihm zusammen mit den Shilling.

„Mach ich doch gern", sagte er mit einem gewinnenden Lächeln. Es gab ihr eine Ahnung davon, wie anziehend er wohl auf manche Männer wirken musste.

„Danke. Schönen Abend noch."

„Ihnen auch."

Sie wollte sich schon abwenden, als er sie noch einmal ansprach. „Und falls Sie sich das doch noch überlegen, wegen einer Frau, meine ich …"

Heftiger als nötig schüttelte sie den Kopf. „Ganz sicher nicht."

Er zuckte mit den Achseln. „Naja, nichts für ungut …"

Er sah auf ihre Karte. „Miss Murray."

Sie nickte ihm zu und wandte sich heimwärts.

In Hammersmith suchte sie die Schneiderei auf, in der Miss Blackmore arbeitete. Sie saß in der Nähe des Eingangs, arbeitete gerade an einem langen, mit Blumen gemusterten Kleidungsstück, vielleicht einem Rock.

„Guten Abend", grüßte Josephine den Ladenbesitzer, der von seiner Nähmaschine aufsah und ihren Gruß erwiderte

Auch Miss Blackmore wünschte ihr einen guten Abend und legte das Kleidungsstück beiseite.

„Womit kann ich dienen, Miss?" fragte der wohlgenährte Mann.

„Ich hätte gern kurz ein paar Worte mit Ihrer Angestellten gewechselt", erklärte sie mit einer Kopfbewegung in Miss Blackmores Richtung.

„Ah, ich verstehe. Gehen Sie ruhig mit der Dame einen kleinen Moment vor die Tür, wenn Sie möchten, Miss Blackmore."

„Danke, Sir."

Sie griff nach ihrem Hut, setzte ihn auf und begleitete Josephine nach draußen.

„Ich habe das Haus des Barons Craven heute mehrere Stunden lang beschattet. Laut einer Bekannten von mir war er es, den ich in der Cleveland Street gesehen habe. Und ich habe ihn wiedererkannt.

Gestern war ich bei einem anderen Mann, doch es war nicht der Gesuchte, da gab es eine Verwechslung." Rasch berichtete sie, was sie am Cavendish Square beobachtete hatte und ließ auch das anschließende Gespräch mit Jack am Piccadilly Circus nicht aus.

Miss Blackmore rang die Hände. „Ach, ich frage mich, ob ich nicht doch die Polizei einschalten sollte."

Josephine war hin- und hergerissen. Wenn die Polizei von dem Haus in der Cleveland Street erfuhr und was Eddy dort getrieben hatte … es musste doch einen anderen Weg geben.

„Geben Sie mir noch eine Chance. Wenn ich morgen nichts herausfinde, gehen Sie zur Polizei. Wollen wir so verbleiben?"

Miss Blackmore sah sie mit einem bohrenden Blick an. In ihrem Gesicht arbeitete es. „Also gut. Aber er ist schon seit fünf Tagen verschwunden…"

Josephine räusperte sich. „Geben Sie die Hoffnung nicht auf. Wenn Sie möchten, gehen wir morgen Abend gemeinsam zur Polizei. Ich meine, wenn ich bis dahin nichts herausgefunden habe."

„Ja, lassen Sie es uns so machen."

„Ich wünsche Ihnen einen guten Abend."

„Danke", sagte Miss Blackmore leise. „Ihnen auch."

Als sie heimgekehrt war, machte sie sich einen Tee und bereitete ihr Abendessen zu, Kartoffeln und geschmortes Gemüse.

Die Sorge um den jungen Telegrammboten setzte ihr zu. War es die richtige Entscheidung gewesen, auf die Polizei zu verzichten? Immerhin war er bereits seit fünf Tagen verschwunden. Viel zu lange für eine Stadt wie London, ihm mochte weiß Gott was passiert sein.

Manchmal wurden Leichen erst nach Tagen oder Wochen am Ufer der Themse angespült. Ihr schauderte bei dem Gedanken daran. *Eddy Blackmore, wo bist du nur hineingeraten?* War er überhaupt noch am Leben? Die Wahrscheinlichkeit schwand mit jeder Stunde, zumindest war es immer so in den Kriminalgeschichten, und vermutlich würde die Polizei ähnliches sagen.

Später schrieb sie noch eine Weile, um ihr Tagespensum zu schaffen, aber ihre Gedanken kehrten immer wieder zu dem Verschwundenen zurück.

Vielleicht war es gut, früh schlafen zu gehen und morgen schon in aller Frühe am Cavendish Square Stellung zu beziehen … Oder vielleicht einfach schon einmal das Nachthemd anzuziehen und noch ein wenig im Kerzenschein zu schreiben.

Draußen dämmerte es. Ein Blick zur Uhr – fast schon halb zehn. Josephine zog die Bluse aus und öffnete die Verschlüsse des Korsetts. Sie entledigte sich des Baumwollhemdes darunter. Seit die Tournüren-gestelle aus der Mode verschwunden waren – und mit ihnen mehrteilige, hinten aufgebauschte Röcke – war die Bewegungsfreiheit für Damen größer. Der lange schlichte Rock, als nächstes die Seidenstrümpfe.

Nun trug sie noch die Unaussprechlichen[7] und zwei selbstgenähte Bekleidungsstücke. Das eine glich einem Hemd, doch sie hatte es enger genäht und die Brustpartie ausgepolstert. Dies ersetzte ihr den Busen und sorgte für eine passende Form unter dem Korsett. Das andere Stück kam einer Unaussprechlichen recht nah, doch sie hatte es enger genäht, aus festem Stoff, so dass es ihr Geschlecht dicht an den Körper presste. Unter

7 Historische Bezeichnung für Unterhosen

den losen Unaussprechlichen würde es sonst herumbaumeln oder gar unter dem Rock zu erahnen sein, wenn sie sich ungünstig hinsetzte. Aber nachts störte sie das nicht, also zog sie auch diese spezielle Unaussprechliche aus.

Das Geschlechtsteil war eben da. Sie ignorierte es, verbarg es. So gut es ging zumindest, außer beim Wasserlassen, da musste sie es in die Hand nehmen, damit sie sich nicht die Kleidung verschmutzte.

Manchmal pochte es, manchmal wachte sie nachts auf und es war angeschwollen und ganz rot und feucht. Manchmal war auch das Laken feucht. In solchen Nächten fühlte sie ein seltsames, aufregendes Ziehen darin und das war gar nicht einmal unangenehm, eher im Gegenteil. Dann berührte sie sich dort, verschaffte sich Erleichterung. In solchen Momenten konnte sie besser akzeptieren, dass es ein Teil von ihr war.

Sie legte die Kleidung zusammen und auf den Sessel neben ihrem Bett. Das Nachthemd zog sie über die nackte Haut; die kühle, frisch gewaschene Baumwolle fühlte sich angenehm an, denn es war noch warm im Zimmer von dem Sommertag, der brütend über der Stadt gelegen hatte. Eine Weile lang wälzte sie sich im Bett herum, ihre Gedanken fuhren erneut Karussell, ehe sie schließlich erschöpft einschlief.

16

Donnerstag, 4. Juli 1889

Bereits am Morgen lag drückende Schwüle über der Stadt. Josephine beeilte sich, sie fuhr mit der Underground und legte die letzte Strecke zu Fuß zurück, bis sie den Cavendish Square erreichte und sich dort in der Grünanlage auf ihrem Beobachtungsposten niederließ. Sie schwitzte, das Kleid klebte ihr am Leib, ihr Haar juckte unter dem Hut. Hoffentlich fand sie heute endlich etwas heraus!

Sie versteckte sich hinter einer Ausgabe des Daily Telegraph, konnte sich aber kaum auf die Meldungen dort konzentrieren. Der kleine Park war wie leergefegt, kein Wunder zu dieser frühen Stunde und bei diesem Wetter. Nur ein junger Mann mit einem Hund ging an ihr vorüber, zog grüßend am Schirm seiner Mütze, ohne sie abzunehmen. Sie neigte den Kopf, um den Gruß zu erwidern. Der Hund bellte sie an. Sein Herrchen wies ihn zurecht und wandte sich ihr zu. „Verzeihen Sie Miss, er ist noch jung."

Josephine lächelte höflich. „Solange er nicht beißt..."

„Aber nicht doch. Schönen Tag noch."

„Ihnen auch."

Sie blickte zum Haus hinüber. Nichts. Nicht einmal eine Bewegung hinter einer Gardine. Josephine seufzte, wandte sich wieder ihrer Zeitung zu. Keine Nachrichten über weitere Mordfälle im East End. Das wenigstens waren gute Nachrichten. Sie las einen Bericht über die Weltausstellung in Paris, die im Herbst enden würde. Sicherlich sehr sehenswert. Ein Jammer, dass sie kein Geld zum Verreisen übrig hatte. *Irgendwann vielleicht, eines Tages…* Sie wurde aus ihren Gedanken gerissen, als eine der beiden Eingangstüren des Gebäudes geöffnet wurde. Doch es war die falsche Tür, dort wohnte eine andere Familie. Ein Bediensteter kam heraus, mit einer Tasche unterm Arm. Rasch ging er die Straße entlang, vielleicht um eine Besorgung zu machen.

Sie griff nach ihrer Tasche, trank einen Schluck aus der mitgebrachten Wasserflasche und verzehrte das mitgebrachte Sandwich, welches sie am Morgen in aller Eile zubereitet hatte. Die Butter und der Käse waren geschmolzen, kein Wunder bei der Hitze. Sie las den Bericht über die Weltausstellung zu Ende und gab sich Tagträumen hin, in denen sie Paris besuchte, während sie geistesabwesend das Gebäude gegenüber betrachtete.

In ihrem Tagtraum tauchte auch Miss Blackmore auf, die sich an ihrer Seite unterhakte und lachend mit ihr eine Allee hinunterschlenderte. Vielleicht die Avenue des Champs-Élysées? Sie hatte ein Gemälde davon gesehen. In ihrem Tagtraum konnte sie Miss Blackmore lachen hören.

Dummes Ding, hör doch auf von Dingen zu träumen, die du nicht haben kannst! Was für ein lächerlicher Traum. Miss Blackmore war eine reizende Frau, aber sie hatte ganz gewiss kein romantisches Interesse an ihr. Zumindest gab es nichts, was darauf hinwies. Aber gewiss war in ihren Gedanken auch gar kein Platz für Romantisches, bei all den Sorgen um ihren Bruder …

Der Vormittag zog sich hin, ohne dass ihre Beschattung neue Anhaltspunkte lieferte. Wenn sie doch nur gewusst hätte, was dieser Baron tagsüber trieb. Saß er irgendwo im Gebäude, vielleicht in seinem Arbeitszimmer? Oder hielt er sich irgendwo in der Stadt auf, vielleicht in einem Gentlemen's Club? Aber nein, das war sicherlich eher eine Beschäftigung für die Abendstunden. Ob er heute wieder das Haus in der Cleveland Street aufsuchen würde?

In der schwülen Luft schwitzte sie immer mehr, die Wasserflasche war bald leer getrunken. Sie tastete nach ihrem Haar, einige Strähnen klebten ihr nass an der Stirn. Josephine faltete die Zeitung zusammen und verstaute sie in der Tasche. Sie griff nach ihrem Notizbuch und schrieb weiter an der Kriminalgeschichte, die sich dem Ende näherte.

Um die Mittagszeit frischte der Wind auf. Wolken zogen auf, in der Ferne donnerte es. Innerhalb von wenigen Minuten verdunkelte sich der Himmel. Regen trommelte auf die Straße, erst sachte, dann prasselnd. Hastig packte sie ihre Sachen zusammen; zum Glück war die Tasche aus nässeabweisendem Segeltuch. Ein Sommergewitter … das hatte ihr gerade noch gefehlt!

An einen Regenschirm hatte sie heute nicht gedacht, dabei hätte sie angesichts der schwülen Luft mit einem solchen Wetter rechnen müssen. Josephine flüchtete unter einen der Bäume, dessen Laubdach wenigstens ein bisschen Schutz bot. Doch es würde nicht lange dauern, bis sie völlig durchnässt war. Vielleicht konnte sie genau das ausnutzen…

Sie rannte über die Straße und betätigte den schweren schmiedeeisernen Türklopfer der Cravens.

Ein Bediensteter öffnete ihr und betrachtete sie mit hochgezogenen Augenbrauen. „Sie wünschen?"

„Verzeihen Sie die Störung, aber ich habe meinen Regenschirm vergessen und wurde vom Gewitter überrascht. Dürfte ich wohl hier warten, bis der Regen aufgehört hat? Es ist ziemlich weit bis zur nächsten Underground Station..."

„Also, ich weiß nicht. Ich werde meine Herrschaften fragen. Warten Sie hier ... und fassen Sie nichts an."

„Danke."

Sie sah sich in der Eingangshalle um. Ein junges Dienstmädchen mit einem rundlichen Gesicht war damit beschäftigt, Staub zu wischen.

„Guten Tag", sagte Josephine zu ihr.

„Tag, Miss." Die Stimme des Dienstmädchens war leise. Sie wirkte ein bisschen verhuscht.

Allein schon hier in der Eingangshalle war unübersehbar, wie wohlhabend Baron Craven war. Vergoldete Rahmen mit sichtlich hochwertigen Gemälden hingen an den Wänden und der Teppich hatte gewiss auch eine Stange Geld gekostet.

Kurz darauf kam der Diener zurück. „Sie können hier warten, in der Eingangshalle. Bis der Regen aufhört." Er deutete auf eine Chaiselongue, die vermutlich für wartende Boten oder andere Besucher neben einer Kommode mit verschnörkeltem Schnitzwerk aufgestellt worden war.

„Bestellen Sie Ihren Herrschaften einen Gruß und richten Sie ihnen meinen Dank aus, bitte", sagte Josephine, während sie dort Platz nahm.

„Wie Sie wünschen." Er sprach kurz leise mit dem Dienstmädchen, ehe er die Eingangshalle verließ.

„Ach, da habe ich ja Glück, dass Ihre Herrschaften so gastfreundlich sind", plapperte Josephine drauflos.

Das Dienstmädchen blickte von seiner Arbeit auf, zögerte. Dann lächelte sie. „Mein Herr ist nicht da, er ist in der Stadt. In seinem Gentlemen's Club. Die Lady wird Jeffreys — dem Butler — gesagt haben, dass Sie hier warten können."

„Ach so? Und in welchem Gentlemen's Club ist Ihr Herr?"

„Ich weiß nicht, ob ich Ihnen das erzählen darf…"

„Aber es ist doch nichts dabei", sagte Josephine mit einem Lächeln. „Ich meine, ich kann dort ohnehin nicht hinein, ich bin schließlich kein Herr."

Die Bedienstete sah sie zögernd an. „Ja, das stimmt … Der Baron ist Mitglied im Garrick Club, in der gleichnamigen Straße."

Der Name kam Josephine vertraut vor. Ach ja, Lady Thelma hatte den Club neulich erwähnt, in dem einige Künstler Mitglied waren, darunter Sir John Everett Millais und der renommierte Schauspieler Herbert Beerbohm-Tree, der das Royal Haymarket Theater leitete.

Ihre Gedanken rasten. In der Eingangshalle gab es nichts weiter zu entdecken. Die Baronin würde mit ihr, einer Fremden, kein Wort wechseln. Und sie konnte unmöglich hier warten – was, wenn der Herr des Hauses zurückkehrte und sie von der Begegnung in der Cleveland Street erkannte?

„Ist der Club denn weit von hier?", fragte sie im unverfänglichsten Plauderton.

„Nein, die Garrick Street ist eine halbe Stunde zu Fuß entfernt, Miss."

Na, das trifft sich doch gut… Wenn es nur nicht so geregnet hätte.

„Dein Herr kommt sicher bald nach Hause, ich meine, nachdem er im Club war?"

„Das weiß ich nicht. Manchmal ist er auch noch anderswo unterwegs und kommt erst spät abends heim." Das Dienstmädchen stutzte und verzog das Gesicht. „Ach, ich habe schon zu viel geredet. Ich darf nicht über meine Herrschaften tratschen."

Josephine hatte genug gehört. „Keine Sorge, ich erzähle nichts weiter. Ich wollte mich nur ein bisschen unterhalten. Ob es wohl noch regnet? Ich schaue einmal nach."

Vorsichtig öffnete sie die Tür. Es regnete nicht nur, es donnerte auch. Ein Blitz zuckte über den dunklen Himmel. Und das mitten am Tag. Sie sah auf ihre Taschenuhr. „Ach, schon so spät! Ich muss wirklich dringend weiter. Ich werde schauen, ob ich ein Hansom Cab auftreiben kann, dann sitze ich im Trockenen. Vielen Dank für die Gastfreundschaft." Sie winkte dem Mädchen zu und verließ das Haus.

Zum Glück trug sie nicht den Hut mit den zarten Federn, die hätten den Regen kaum überlebt. Unter dem Vordach des Eingangs zog sie rasch ihren Straßenplan aus der Tasche, faltete ihn auf und suchte nach der Garrick Street. Sie war tatsächlich nicht weit von hier, aber in diesem Regen…

Sie dachte wieder an Miss Blackmore und an Eddy. Er war schon fast eine Woche verschwunden. Was machte es im Vergleich schon aus, wenn ein Sommergewitter sie durchnässte? Außerdem wollte sie Miss Blackmore nicht enttäuschen. Josephine steckte den Plan wieder in die Segeltuchtasche, rückte ihren Hut zurecht und lief los. Falls sie ein Hansom Cab fand, konnte sie immer noch einsteigen.

Ein weiterer Blitz, kurz darauf krachender Donner, der in ihren Ohren vibrierte – das Gewitter war wohl schon direkt über der Stadt. In ihrer Eile stolperte sie in eine Pfütze, das Wasser fraß sich am Rocksaum hoch und durchweichte ihre Schuhe. Der Regen schlug ihr kalt ins Gesicht. Von der drückenden Schwüle am Morgen war nichts mehr übrig geblieben, zumal sich zum Regen auch ein kalter Wind gesellt hatte.

Auf ein Hansom Cab hoffte sie vergebens, also lief sie so schnell wie möglich weiter, in die Oxford Street, von dort in die Charing Cross Road und immer weiter nach Süden, durch den prasselnden Regen. Josephine lief im Zickzack, dorthin, wo immer sie kurzzeitig Schutz vor dem Regen fand – unter den Markisen von Geschäften, Bäumen am Straßenrand oder Überdachungen von Gebäuden. Viel half das nicht, zumal sich dort andere Passanten ebenfalls zusammen scharrten auf der Suche nach einem trockenen Platz und ihr auf diese Weise den Weg versperrten.

Triefend nass kam sie in der Garrick Street an und fand in einem überdachten Hauseingang einen trocken-en Fleck. Aber selbst hierhin trieb der Wind den Regen.

„Sir, verzeihen Sie", rief sie einem Passanten zu, der gerade vorüber ging und dabei halb unter seinem Regenschirm verschwand.

Er blieb stehen und sah sie abwartend an.

„Wo finde ich den Garrick Club?"

Er sah sie irritiert an, deutete aber auf ein dreistöckiges Gebäude. „Da drüben ist es. Aber der ist nur für Gentlemen."

„Ich weiß, Sir. Ich bin mit meinem Bruder verabredet, er ist dort Mitglied", behauptete sie.

Zweifelnd blickte er sie an, ehe er ihr kurz zunickte und weiterging.

Sie blieb im Hauseingang stehen, denn von hier hatte sie den Club und seinen Eingang im Blick, war wenigstens halbwegs im Trockenen und fiel weniger auf. Allerdings fröstelte sie nun, weil ihr die kalte, nasse Kleidung am Körper klebte. Tropfen lösten sich vom Hutrand, verschleierten ihr die Sicht. Sie wischte den Regen fort. Nie wieder gehe ich an einem solch schwülen Tag ohne Regenschirm los...

Vor dem Club standen zwei Kutschen, eine weitere hielt gerade an. Ein Herr stieg aus, sprach mit dem Kutscher und verschwand wenig später im Clubgebäude. Sie löste sich aus ihrem Versteck, um die wartenden Kutschen in Augenschein zu nehmen. Eine davon hatte ein verschnörkeltes C auf der Tür. Craven.

Der Kutscher war nicht zu sehen, doch sie erkannte das Gefährt an dem geschwungenen hölzernen Bogen, der mit geschnitzten Blumen verziert war und das Dach der Kutsche zierte. Das Gefährt gehörte eindeutig der Familie Craven. Hinten hatte es einen angebauten Aufsatz, in dem Gepäckstücke gelagert werden konnten. Eine große, mit Metall beschlagene Truhe war dort festgebunden.

Josephine suchte nach einem Versteck. Das einzige, welches sie fand, war die Markise eines Geschäftes im Nachbargebäude. Sie eilte hinüber und tat so, als ob sie die Waren im Schaufenster begutachten wollte. Dank des Wetters war es wohl verständlich, dass sie unter einer Markise Zuflucht gesucht hatte. Sie begegnete dem Blick eines Verkäufers, der gerade mit einem Kunden sprach. Rasch wandte sie sich ab, drehte ihm den Rücken zu, während der Regen mit plätschernden Geräuschen vom Rand der Markise tropfte.

Ungefähr zwanzig Minuten vergingen. Noch immer

donnerte und blitzte es, diesmal weiter entfernt. Der Kunde verließ das Geschäft, spannte seinen Schirm auf und eilte davon. Der Verkäufer trat heraus. „Guten Tag, Miss. Möchten Sie sich vielleicht die Waren drinnen ansehen? Sie stehen ja schon eine ganze Zeit vor dem Laden, und drinnen ist es trocken…"

„Danke, sehr freundlich, aber ich möchte lieber hier draußen warten, bis der Regen aufhört. Ich habe leider meinen Schirm zu Hause vergessen."

Der Verkäufer rückte seine Brille zurecht; irritiert sah er sie an. Dann zuckte er mit den Achseln. „Wie Sie wünschen. Guten Tag."

Josephine nickte ihm zu. Er verschwand wieder im Laden. Ein Blick hinüber zu Cravens Kutsche – niemand war dort, auch der Kutscher nicht.

Vielleicht hatte Craven eine Uhrzeit verabredet, zu der sein Kutscher wieder hier sein sollte. Jetzt oder nie! Sie verließ ihren Platz unter der Markise und ging die Garrick Street entlang, bis sie die Kutsche erreicht hatte. Der Regen prasselte noch immer herab, aber wenigstens schüttete es nicht mehr aus Kübeln. Rasch sah sie sich um.

Die Straße war im Moment menschenleer, sicher hatte das Gewitter dafür gesorgt. Sie näherte sich der Kutsche, ging zügig daran vorbei. Vorsichtig kletterte sie hinauf. Sie verbarg sich sofort hinter der Truhe und verharrte so still es nur ging. Dazu musste sie eine unbequeme, kauernde Haltung einnehmen.

Das Korsett drückte ihr in den Leib, und der Hut wäre gewiss heruntergefallen, wenn sie ihn nicht mit mehreren Haarnadeln festgesteckt hätte. Sie wagte kaum noch zu atmen. Die nasse Kleidung juckte. Am liebsten wäre sie wieder hinunter geklettert und einfach nach Hause gefahren. Dann dachte sie an Miss Blackmore und ihren verschwundenen Bruder. Sie konnte doch nicht unverrichteter Dinge vor die Dame treten, die sie um Hilfe gebeten hatte.

Ein leichter Ruck ging durch das Gefährt. War der Kutscher zurückgekehrt und vorn auf den Kutschbock geklettert? Oder war es Craven?

Plötzlich ein Geräusch ganz in ihrer Nähe. Sie schreckte hoch und starrte in das Gesicht eines Jungen mit einer Ballonmütze, dessen Zeitungstasche ebenfalls vom Regen durchweicht war.

Eindringlich sah sie ihn an, legte einen Finger an die Lippen. Danach tastete sie gleichzeitig nach ihrer Tasche und holte eine Münze heraus. Der Zeitungsjunge streckte die Hand danach aus, zog mit einem Pfeifen seiner Wege und ließ sich vom Regen nicht weiter stören.

Josephine duckte sich wieder hinter die Truhe. Eine Ewigkeit schien zu vergehen, bis sie Stimmen vorn an der Kutsche hörte. Craven, der mit dem Kutscher sprach, wenn sie sich nicht täuschte. Kurz darauf ging ein Ruck durch das Gefährt und sie hörte das Klappern der Pferdehufe auf dem Kopfsteinpflaster, als sich die Kutsche in Bewegung setzte.

Sie wagte kaum, nach links noch nach rechts zu schauen, zu sehr ruckelte das Fahrzeug; eine falsche Bewegung und sie würde herunterfallen. In einer Kurve konnte sie sich kaum halten, fast wurde sie seitwärts herabgeschleudert von der Gepäckablage. Ihr Herz raste. Das Poltern und Ruckeln des Gefährts ging ihr in dieser verkrümmten Haltung durch Mark und Bein. Auch das Atmen fiel ihr schwer, denn das Korsett drückte ihr in die Rippen. Eine Welle von Übelkeit brandete in ihr auf; wenn es so weiterging, würde sie sich übergeben müssen.

Ruhe bewahren, Josie. Keine Panik… Ach, verdammt, nimmt denn diese Fahrt kein Ende?

Endlich, nach einer gefühlten Ewigkeit, in der sie gegen Atemnot und Übelkeit ankämpfte, hielt die Kutsche. So schnell wie möglich kletterte sie hinter der Truhe hervor und sprang herunter. Hastig sah sie sich um – dort, eine Seitenstraße, in der sie sich verbergen konnte. Mit wenigen Schritten war sie dort, konnte um die Ecke zur Kutsche schauen, ohne bemerkt zu werden. Die Gegend hier war ihr nicht bekannt. Auf jeden Fall weniger vornehm als Marylebone…

Vergeblich suchte sie nach einem Straßenschild. Vor allem aber musste sie Craven im Auge behalten, der aus der Kutsche gestiegen war und zielstrebig die Straße überquerte. Den Kutscher sah sie nicht, vielleicht wartete er vorn auf dem Kutschbock?

Vorsichtig gab sie ihre Deckung auf. Da, Craven bewegte sich auf einen Hauseingang zu. Er schloss die Tür auf und verschwand im Gebäude. Ein Haus, welches im Vergleich zu dem stattlichen Anwesen am Cavendish Square ziemlich heruntergekommen wirkte. Was zum Himmel hat ein Baron hier verloren?

Auf die Gefahr hin, dass der Kutscher sie bemerkte, wechselte sie hinter Cravens Gefährt die Straßenseite. Ein Blick zurück – der Kutscher saß nicht vorn und war auch nicht auf der Straße. Vielleicht hatte er sich angesichts des Regens in das Fahrzeug setzen dürfen? Und wenn dem so war, konnte er sie von den Fenstern aus sehen? Hoffentlich hatte er etwas Besseres zu tun, als hinauszuschauen.

Passanten gingen an ihr vorüber, rasch blickte sie sich

nach allen Seiten um. Ein weiterer Blick auf das alte Haus. An einer Seite befand sich eine schmale Seitengasse. Das musste sie sich genauer ansehen … Die Gasse führte auf die Rückseite des Hauses, ein Hinterhof. Ein sichernder Blick nach allen Seiten; in einem Fenster im zweiten Stock brannte Licht, doch die Gardinen waren zugezogen.

Auf einem Fensterbrett im Erdgeschoss saß eine struppige Katze. Die übrigen Fenster in den oberen Stockwerken waren dunkel. Eines der beiden Kellerfenster erregte Josephines Aufmerksamkeit, denn ein Lichtschein drang aus der verschmutzten Scheibe nach draußen. Sie bückte sich und wischte mit ihrem Handschuh über das schmierige Glas. Es dauerte eine ganze Weile, bis es klar genug war, um etwas in dem Raum dahinter zu erkennen.

Josephine erstarrte. In dem ansonsten leeren Kellerraum stand ein einzelner Stuhl, der mit der Rückseite zu ihr stand. Dennoch sah sie die Fesseln, die darum geschlungen waren, und auch den Hinterkopf des Mannes, der daran gebunden war. Vor ihm stand Craven, schien auf ihn einzureden, ja, er lächelte dabei sogar. Der Gefesselte drehte seinen Kopf und sie erkannte ihn. Eddy Blackmore.

Diesen Bastard, der sich Baron schimpfte, würde sie sich vorknöpfen! Aber wie sollte sie ins Haus kommen, geschweige denn in den Keller? Der Sperrhaken! Sie hatte das Gerät an ihrer eigenen Haustür mehrmals ausprobiert und mittlerweile den Dreh raus, wie man es einsetzen musste. Sie beobachtete Craven weiter. Falls er Eddy bedrohte, konnte sie immer noch gegen das Fenster schlagen und ihn ablenken. Doch so wie es aussah, redete er lediglich auf den jungen Mann ein.

Oder auch mehr als das, denn nun beugte er sich vor und … küsste ihn, obwohl Eddy seinen Kopf wegdrehte. Craven griff nach seinem Kinn, hielt ihn fest.

Wenn er Eddy seit vergangenem Freitag gefangen hielt, welchem Zweck diente das? Wenn er ihn umbringen wollte, hätte er es längst tun können. Nein, es musste etwas anderes dahinter stecken. Etwas, das mit dem Kuss zusammenhängen mochte.

Oh Gott, er hat ihn doch hoffentlich nicht… Sie mochte diesen Gedankengang nicht zu Ende denken. War ihm das Haus in der Cleveland Street und die Vergnügungen dort zu teuer geworden? Craven band Eddy los, reichte ihm etwas zu trinken. Danach etwas zu essen, ein großes Stück Brot, einen Kanten Käse und eine Wurst. Eddy aß hastig, hustete dabei, er schlang das Essen herunter. Craven zog währenddessen seine Jacke und Weste aus, ohne den Jüngeren aus den Augen zu lassen. Er streifte die Hosenträger von seinen Schultern.

Oh nein… Vor lauter Wut hätte sie am liebsten gegen das Fenster getreten. Stattdessen sprang sie auf und lief zur Hintertür. Der Sperrhaken öffnete die Tür nicht sofort, sie musste im Schloss eine ganze Weile herumstochern, bis der Schließmechanismus endlich nachgab. Dabei saß ihr die Angst im Nacken, hier erwischt zu werden. Man würde sie für eine Einbrecherin halten und die Polizei alarmieren!

Endlich gab der Mechanismus nach; sie packte den Sperrhaken wieder ein und öffnete die Eingangstür. Im Haus lief sie über eine Treppe abwärts zum Keller. Dessen Tür war nur angelehnt – dahinter eine weitere Treppe und zunehmende Dunkelheit. Vorsichtig tastete sich Josephine voran. Die Tür hatte sie offen gelassen, so drang wenigstens noch ein Rest Licht nach hier unten.

Ein Gefühl von Beklemmung erfüllte sie, als sie einen dunklen Flur entlang tappte. Ihr Herz raste mittlerweile. In welchem der Kellerräume waren Craven und sein Opfer? Von der Lage her musste es der zu ihrer Rechten sein. Sie presste ihr Ohr an die Tür. Dahinter ein Stöhnen.

Plötzlich strich etwas an ihrem Rock entlang. Im Dunkeln blinkten zwei Punkte. Die Katze, die eben noch auf dem Fensterbrett gesessen hatte – ihre Augen leuchteten auf unheimliche Weise. Vielleicht jagte sie hier unten nach Ratten? *Wie passend…*, ging es ihr durch den Kopf, als sie an Craven dachte. Vorsichtig bewegte sie die Klinke der Tür. Nicht verschlossen. Ein jäher Schein erhellte plötzlich den Keller. Kurz darauf krachender Donner. Sie nutzte den Lärm und riss die Tür auf.

In dem flackernden Licht von Kerzen und einer Laterne bot sich ihr ein schauerliches Bild. Mit dem Rücken zu ihr stand Craven mit heruntergelassener Hose vor Eddy, der gerade eindeutig mit etwas beschäftigt war, das sie nicht sehen wollte. Cravens rechte Hand lag auf dem Kopf des Jungen, er vergrub die Finger in dessen Haaren.

„Sir Craven! Ihr Spiel ist aus!", rief sie.

Craven wirbelte herum. Noch mehr nackte Tatsachen, die sie nicht sehen wollte. Immerhin hatte er den Anstand rot zu werden und sich so rasch wie möglich die Hosen hochzuziehen. Er hob die Hände und lächelte kühl, fast schon überlegen. Eddy starrte sie mit weit aufgerissenen Augen an.

Sie griff nach dem Schlagring in ihrer offenen Handtasche und zog ihn über ihren Handschuh, stellte ihre Tasche ab und ging in Angriffsposition.

Dem Baron gefror das kalte Lächeln im Gesicht. „Das hier geht Sie nichts an", sagte er gefährlich leise. „Das ist ausschließlich eine Sache zwischen Gentlemen. Moment mal … Sie waren doch auch bei Hammond. Sie sind keine Frau!"

„Ach ja? Warum nicht? Weil ich das hier trage?" Sie deutete mit einem Kopfnicken auf den Schlagring und bewegte sich mit raschen Schritten in seine Richtung, bis sie direkt vor ihm stand. Josephine holte aus, doch er wehrte ihren Schlag ab. Im nächsten Moment donnerte seine Faust in ihren Magen. Der Schlag presste ihr die Luft aus dem Leib. Mit einem Mal war sie wieder zwölf Jahre alt, in den Ohren die brüllende Stimme ihres Vaters.

***

„Werde endlich ein Mann! Ich werde dir das solange in den Leib prügeln, bis du es kapierst, verdammt noch mal!" Er schlug zu, wieder und wieder. Abwehrend presste sie die Arme vor ihren Körper, vor ihr Gesicht, mit den viel zu großen Boxerhandschuhen oben an der Stirn.

„Nein, nicht so, das ist doch keine Deckung!" Die klobigen Handschuhe federten seine Schläge kaum ab. „Was habe ich dir beigebracht, na los!"

Wie sehr hasste sie seine Brutalität, sein Gebrüll, seinen Geruch nach verschwitzter Kleidung und Tabak. Er machte ihr unsagbare Angst. Warum sollte sie Boxen lernen? Frauen boxten nicht. Sie war kein Junge, würde es nie sein, warum konnte er das denn nicht begreifen?

***

Damals hatte Vater ihr die Seele aus dem Leib geprügelt in dem verzweifelten Versuch, aus seinem missratenen Spross doch noch einen Mann zu machen. Geglückt war ihm das nicht, aber immerhin hatte er ihr etwas beigebracht, was ihr nun half. Cravens zweiter Schlag holte sie wieder zurück in die Gegenwart, er krachte auf ihr Kinn, ließ sie rückwärts taumeln. Er setzte ihr nach, seine bloßen Knöchel rammten ihr Gesicht, dieser Schlag ging ins Auge. Ein beißender Schmerz fraß sich durch ihren Augapfel.

Sie hatte ihre Deckung vernachlässigt; das war der Preis. Josephine stürzte zu Boden, Craven schlug auf sie ein, ein weiterer Schlag ließ ihre Lippe platzen. Sie fühlte, wie das Blut über ihr Kinn rann. Sie schrie auf vor Schmerz und Wut; erwischte Craven mit dem Schlagring am Kinn. Ihr Gegner gab ein grunzendes Geräusch von sich.

Hinter sich hörte sie Eddy schreien. Hastig rappelte Josephine sich auf, wich einem weiteren Schlag aus, taumelte erneut rückwärts. Der von der Nässe schwere Rock war hinderlich, der Hut wippte auf ihrem Kopf. Sie riss ihn ab, schleuderte ihn beiseite. Craven schlug im gleichen Moment nach ihr, aber erwischte nur ihre Kopfbedeckung, weil sie sich wegduckte. Sie nutzte die sekundenlange Ablenkung, stieß ihm den Arm entgegen, diesmal ging der Schlag auf seine Brust.

Ihr Schlagring riss eine blutige Spur ins weiße Hemd. Craven ächzte auf. Sein Gesicht rötete sich, er griff erneut an, seine Handkante krachte gegen ihre Schulter.

Ein dumpfer Schmerz durchfuhr sie. Sie wischte sich über den blutenden Mund und wich zurück.

Wo war seine größte Schwachstelle? Sie taxierte ihn, um seinen nächsten Schritt zu erraten. Er schielte auf ihren Bauch. *Nein, nicht noch ein Schlag dorthin!* Bevor er ihren Leib erreichte, sprang sie seitwärts, nur um im nächsten Moment wieder direkt vor ihm zu stehen, während er wieder ausholte.

Sie riss ein Bein hoch, so gut es ging mit dem von der Nässe schweren Rock; trat mit voller Wucht in seinen Schritt. Der Baron krümmte sich vor Schmerz zusammen. Das nutzte sie aus, indem sie links und rechts auf seinen Kopf einschlug, bis er blutend zu Boden fiel. Eddy hatte das alles schockstarr mit angesehen.

„Ich habe deiner Schwester versprochen, dass ich dich finde", sagte sie zu ihm.

Noch immer tropfte Blut von ihrer Lippe. Wann hörte das endlich auf? Ihr Auge tat ebenfalls weh, hoffentlich schwoll es nicht zu. Sie beugte sich über den Baron. Er atmete noch, war aber bewusstlos. „Lass uns hier verschwinden, ehe er aufwacht", wandte sie sich erneut an Eddy. „Weiß er, wo du wohnst?"

Eddy löste sich aus dem Stuhl, schüttelte den Kopf „Nein, ich habe es ihm nicht gesagt."

„Gut so. Komm." Sie griff nach ihrem lädierten Hut und der Handtasche, ließ im Hinauslaufen den blutigen Schlagring darin verschwinden. Später würde sie die Tasche auswaschen müssen. Eddy folgte ihr auf wackligen Beinen.

„Der Kutscher des Barons wartet draußen auf ihn", erklärte sie ihm im Flur des Kellers. „Ich schlage vor, wir laufen in die entgegengesetzte Richtung und suchen dann nach einem Hansom Cab. Schaffst du das?"

Eddy nickte langsam.„Ich … ich glaub schon."

Als sie kurz darauf von dem Hinterhof in die Seitengasse liefen, hielt sie ihn am Arm fest. „Wir müssen langsamer gehen, sonst fallen wir zu sehr auf."

Der Regen hatte fast aufgehört. Eddy sah erbärmlich aus; Gesicht und Kleidung waren verschmutzt, die Haare völlig zerzaust und fettig. Zum Glück trug er nicht seine Telegrammboten-Uniform.

Sie warf einen Blick in Richtung der Kutsche und deutete darauf. Eddy folgte dem Hinweis und musterte das Gefährt ebenfalls. Der Kutscher war von ihrem Standpunkt aus nicht zu sehen. Dennoch ging sie vorsichtshalber langsam wie eine ganz normale Passantin, zumal der Regen inzwischen fast aufgehört hatte. Miss Blackmores Bruder passte sich ihrem Tempo an. Sie steuerte auf eine Seitenstraße zu.

„Wie … wie haben Sie mich gefunden?", fragte er heiser.

„Später. Lass uns erst einmal ein Hansom Cab finden, das uns nach Hause bringt. Nach Hammersmith."

„Ich habe kein Geld dabei."

„Mach dir keine Gedanken, ich übernehme das."

Sie liefen fast eine halbe Stunde, bis sie eine der schwarzen zweirädrigen Mietkutschen fanden. Diese waren anders konstruiert als Familienkutschen; ihre Kabinen war nach vorn hin offen, während der Kutscher hinten auf einem erhöhten Kutschbock saß, wodurch er sowohl das Pferd als auch die Straße gut im Blick hatte.

„Bringen Sie uns bitte nach Hammersmith, Sir", sagte Josephine zu dem Fahrer und nannte ihm Constance Blackmores Adresse.

„Wie Sie wünschen. Hat Sie das Gewitter überrascht?"

„Ja, Sir."

„Setzen Sie sich auf die Decke, die im Cab liegt, wenn ich bitten darf."

„Gewiss." Sie nickte ihm zu.

Eddy reichte ihr eine Hand zum Einsteigen – wie es sich gegenüber einer Dame gehörte – und kletterte nach ihr in das Gefährt. Während der Kutscher losfuhr, sagte Eddy: „Vielen Dank für Ihre Hilfe. Wir … wir wurden uns noch nicht vorgestellt. Aber ich erinnere mich an Sie. Sie waren auch bei Hammond, nicht wahr?"

„Ja, das stimmt. Ich bin Josephine Murray."

„Freut mich, Sie kennenzulernen." Er stutzte und musterte sie überrascht. „Aber … Sie sind …" Er geriet ins Stocken.

Sie legte eine Hand auf seinen Arm. Josephine hatte keine Lust ihm die Umstände ihres Daseins zu erklären; dass sie als Mensch mit männlichen Merkmalen geboren worden war, sich aber nicht so fühlte. „Du wolltest vorhin wissen, wie ich dich gefunden habe", sagte sie stattdessen. „Das hast du deiner Schwester zu verdanken. Sie hat mich aufgesucht, weil sie sich Sorgen um dich gemacht hat."

Josephine erzählte ihm nun alles von Anfang an. Auch davon, wie sie ihn beschattet hatte. Von ihren Begegnungen mit dem Strichjungen Tilly, dem Iren Jack und wie sie das Bordell in der Cleveland Street aufgesucht hatte. Manche Einzelheiten ließ sie aus. Sie erwähnte Lady Thelma nicht namentlich, sprach nur von einer adligen Bekannten, die aus ihren Beschreibungen Baron Craven erkannt hatte.

„Natürlich konnten wir nicht einfach zur Polizei gehen und eine Vermisstenmeldung aufgeben."

„Weil ich bei Hammond … gearbeitet habe." Eddy verbarg das Gesicht in den Händen. „Ich war so dumm! Ich hätte mich nie darauf einlassen sollen. Aber der Baron hat mir lauter Versprechungen gemacht. Und ich Idiot habe ihm geglaubt."

Während die Kutsche weiter die Straßen entlang ratterte, sagte sie: „Magst du nachher deiner Schwester und mir erzählen, was passiert ist? Auch wenn es dir … peinlich ist?"

„Sie haben mich da heraus gerettet. Ich werde Ihnen alles erzählen, was ich weiß. Aber es ist mir wirklich sehr peinlich, ich meine, vor meiner Schwester. Sie wird nie wieder ein Wort mit mir reden."

„Das glaube ich nicht", sagte sie mit Nachdruck. „Sie liebt dich sehr, das wurde mir mehr als deutlich. Sie hat sich große Sorgen gemacht. Deine Schwester weiß von dem Haus in der Cleveland Street und was dort vor sich geht. Ich musste es ihr sagen. Wir haben zusammen überlegt, was wir tun können. Und was nicht."

Eddy schniefte. Wenig später rannen ihm Tränen über die Wangen. Er schluchzte. Lange war es her, dass sie einen Mann in einer solchen Verfassung gesehen hatte. Vielleicht war es auch einfach seine Erschöpfung und die nervliche Anspannung.

„Es tut mir leid", sagte sie leise und strich ihm tröstend über den Arm.

Er wischte sich die Tränen aus dem Gesicht. Leise und stockend begann er zu erzählen, während das Hansom Cab weiter über die Pflastersteine rumpelte.

„Ich bin Craven mehrmals begegnet, erst bei ihm zu Hause, als Telegrammbote, und später auch in der

Cleveland Street. Er war von Anfang an sehr angetan von mir und schließlich hat er immer nach mir verlangt, wenn er da war. Nur nach mir. Er sagte mir, dass ich ihn sehr an eine verflossene Liebe erinnere, die er vor Jahren hatte."

Eddy wischte sich über die zerzausten Haare. „Das war mir ein bisschen unheimlich, aber ich habe mir nichts groß dabei gedacht. Dann hat er mich bekniet, mich mit ihm zu treffen. Ich hab ihm gesagt, Hammonds Haus sei doch ein guter Treffpunkt und wir wären dort sicher. Aber das hat ihm nicht gereicht. Immer wieder fing er davon an, jedes Mal, wenn wir uns trafen. Aber er war immer so … so freundlich und schmeichelnd."

Eddy verkrampfte seine Hände im Schoß. „Das hat mir gut gefallen. Ich habe ein bisschen für ihn geschwärmt."

Das wunderte sie nicht im Geringsten. Craven war ein attraktiver Mann. Zusammen mit seinem gesellschaftlichen Stand nahm das gewiss viele Menschen für ihn ein.

Eddy räusperte sich. „Und weil er mir ständig geschmeichelt hat, habe ich mich von ihm zu einer Kutschfahrt überreden lassen. Ein Ausflug, wie er sagte. Er wolle mir etwas zeigen, hat er gesagt, eine Überraschung. Und ich Strohkopf bin darauf hereingefallen. Die Gegend hinter dem Euston Bahnhof hat mich misstrauisch gemacht, aber er hat mir plötzlich ein Tuch mit einem süßlichen Geruch auf den Mund gedrückt und danach wurde alles schwarz."

„Chloroform…"

„Was?" Eddy sah sie ratlos an.

„Ich vermute, er hat Chloroform benutzt. Chirurgen

verwenden es vor Operationen, um die Patienten zu betäuben. Damit die Schmerzen gelindert werden. Es führt zu Bewusstlosigkeit."

„Oh. Ich verstehe. Ja, so was wird es gewesen sein. Als ich wieder zu mir kam, saß ich in dem Stuhl im Keller. Er hat mich mit Essen und Trinken versorgt und mich gezwungen…" Er brach ab.

Sie hob eine Hand. „Das brauchst du mir nicht zu erzählen, ich kann es mir vorstellen. Wie es scheint, ist dieser feine Baron von dir besessen. Hat er dich je bedroht? Mal abgesehen von den Dingen, zu denen er dich gezwungen hat? Hat er damit gedroht, dich umzubringen?"

Eddy schüttelte den Kopf. „Das nicht. Er hat nur immer wieder gesagt, dass ich nun Sein wäre. Dass ich nie wieder in die Cleveland Street gehen sollte, um dort mit anderen Männern … ich schätze, er wollte mich wohl für sich allein haben. Ich hätte um Hilfe geschrien, als er weg war, aber das hat er wohl vorausgesehen und mich geknebelt."

Josephine atmete tief durch, ehe sie antwortete. „Wir sollten gemeinsam mit deiner Schwester überlegen, was wir tun können. Dieser Baron ist offensichtlich verrückt. Wir müssen verhindern, dass er noch andere Opfer findet. Denn wer weiß, wie viele Liebhaber er schon hatte, während er nun auf der Suche nach … einem Ersatz ist, der ihn an einen von ihnen erinnert."

„Wir können doch nicht zur Polizei gehen. Wenn die herausfinden, dass ich in der Cleveland Street…"

„Warum sollten sie es herausfinden? Hammonds Haus musst du nicht einmal erwähnen. Du bist doch als Telegrammbote auch bei den Cravens gewesen. Und wenn sie Craven verhören, wird der den Teufel tun,

Hammond und sein Bordell zu erwähnen. Er würde sich damit ja selbst in Gefahr bringen."

Eddy machte den Mund auf, schloss ihn jedoch wieder.

„Darf ich dir eine persönliche Frage stellen, Eddy?"

„Lassen Sie mich raten – Sie wollen wissen, ob ich lieber was mit Männern habe als mit Frauen? Oder ob ich in der Cleveland Street nur des Geldes wegen angeschafft habe? Es war beides. Wissen Sie, ich kenne einige Frauen, die ich gern mag. Aber wenn es um Intimitäten geht, kann ich mit den Damen nichts anfangen. Aber als mich Newlove mitgenommen hat in die Cleveland Street – das war wie eine neue Welt für mich! Ich bereue keine Minute davon. Nur die Begegnung mit Craven."

Josephine nickte. „Ich verstehe." Sie hoffte, er würde ihr nun nicht auch noch persönliche Fragen stellen, zum Beispiel, ob sie ein Mann oder eine Frau sei. Dankenswerterweise blickte Eddy aus dem Fenster des Hansoms. Den Rest der Fahrt verbrachten sie beide mit nachdenklichem Schweigen.

„Ich werde mich umziehen und heute Abend zu euch kommen, ja?", sagte sie beim Aussteigen. „Ich nehme an, deine Schwester arbeitet noch?"

„Bis um halb sieben. Seien Sie gern unser Gast", erwiderte er.

Sie gab dem Kutscher das Geld und winkte Eddy zu. „Danke, dann bis später."

Welch eine Wohltat, die nasse Kleidung gegen trockene zu tauschen! Die Ereignisse der vergangenen Stunden hatten sie von ihrem knurrenden Magen abgelenkt, der sich nun wieder bemerkbar machte. Es war ohnehin Zeit für den Nachmittagstee. Zunächst hängte sie die nassen Kleider über die Wäscheleine, die sie an einer Wand aufgespannt hatte.

Danach bereitete sie etwas Rührei zu, schnitt Tomaten und häufte sich beides auf Brotscheiben. Ein wenig Salz für die richtige Würze und dazu einen kräftigen Tee, während sie weiter darüber nachdachte, was sie gegen den Baron unternehmen konnten. Nicht auszudenken, wenn er auf die Idee kam, andere junge Männer in jenem Kellerraum gefangen zu nehmen.

Um halb sieben suchte sie die Blackmore Geschwister auf. Nach dem Gewitter war die drückende Schwüle verschwunden, stattdessen fegte weiterhin ein kühler Wind durch die Straßen von Hammersmith, der nicht zu diesem Sommerabend passen wollte.

Constance Blackmore öffnete ihr die Tür, mit geröteten Augen. Vermutlich hatte sie wieder geweint. Sie fiel Josephine um den Hals, kaum dass sie die Wohnung der beiden betreten hatte. Überrumpelt von der Umarmung, wurde Josephine rot.

„Ich weiß nicht, wie ich mich jemals bei Ihnen bedanken soll, Miss Murray."

„Schon gut. Eddy hat sich auch schon bedankt. Übrigens – nennen Sie mich gern Josephine."

„Sehr gern. Dann nennen Sie mich bitte Constance."

„Das werde ich gern tun. Hat Eddy Ihnen schon erzählt, was ihm passiert ist?"

Constances Bruder kam ihr aus einem der Zimmer entgegen. „Das habe ich." Seine Stimme klang brüchig. Er hatte ebenfalls seine Kleidung gewechselt, sich das Gesicht und die Haare gewaschen.

Armer Junge. Ein Albtraum, was er durchmachen musste...

„Möchten Sie einen Tee, Josephine?", erkundigte sich

Constance.

„Gern."

Kurz darauf saßen sie vor dampfenden Tassen an einem kleinen Tisch, während kühle Luft durch das Fenster drang.

„Ich bin dafür, dass wir drei morgen zur Polizei gehen, damit dem Baron das Handwerk gelegt werden kann."

„Eddy hat mir alles erzählt, was ihm passiert ist. Aber was sollen wir der Polizei sagen, wenn sie fragen, warum wir sie nicht gleich verständigt haben, als er verschwunden ist?"

„Wir könnten uns etwas ausdenken. Hattest du schon einmal Ärger auf dem Postamt, Eddy?"

Er schüttelte den Kopf, fuhr sich durch das zerzauste Haar.

Josephine rührte in ihrer Teetasse und überlegte. „Hmm… Du erhältst doch von Kunden Geld für die Telegramme, richtig?"

„Ja, natürlich. Ich darf kein eigenes Geld bei mir tragen, wenn ich im Dienst bin. Damit es nicht durcheinander kommt mit dem Geld, was ich einnehme."

„Ich verstehe. Wie wäre es, wir sagen der Polizei Folgendes…"

17

Freitagabend, 5. Juli 1889

„Erklären Sie mir bitte noch einmal, warum Sie uns nicht eher verständigt haben, Miss Blackmore", wollte Chief Inspector Abberline wissen, ein Mittvierziger mit einem dunklen Backenbart.

Constance, Josephine und Eddy saßen ihm gegenüber in einem Büroraum des Polizeireviers. Ein Constable schrieb auf einer ratternden Schreibmaschine das Protokoll dazu.

Eddys Schwester räusperte sich. „Also, es ist so … Eddy hat manchmal eigenes Geld mitgehabt, wenn er Telegramme ausgetragen hat. Das ist nicht erlaubt. Ich hatte Angst, er würde vielleicht Ärger bekommen, wenn es zu einer polizeilichen Untersuchung kommt."

Der Detective Inspector blickte sie aus schmalen Augen an. „Ich hatte ja Miss Murray ohnehin schon als Detektivin beauftragt, weil … weil ich mir Sorgen um Eddy gemacht habe."

„Warum das?"

Josephine ergriff das Wort. „Weil er sich oft bis spätabends mit Freunden herumgetrieben hat, es aber nicht für nötig hielt, das seiner Schwester zu sagen."

Eddy ließ die Schultern hängen und blickte zu Boden

Abberline wandte Josephine den Blick zu. „Aha. Und wie genau sind Sie auf seinen Entführer aufmerksam geworden?"

„Ich habe Eddy beschattet, während seiner Dienstrunden. Mir ist Sir Craven aufgefallen, weil er sich anders verhielt als die anderen Kunden. Er hat Eddy ins Haus gebeten, das ist sonst nicht üblich. Keiner der anderen hat das gemacht. Also habe ich, als mir Con … Miss Blackmore von Eddys Verschwinden berichtete, das Haus des Barons beschattet."

Chief Inspector Abberline runzelte die Stirn. Einen Moment lang schwieg er, blickte von ihr zu Eddy. „Warten Sie kurz hier. Constable, kommen Sie mit, ich werde mal mit unserem Kollegen Hanks sprechen." Der Angesprochene nahm die Finger von den Tasten der Schreibmaschine und folgte seinem Vorgesetzten nach draußen.

Eddy murmelte: „Gott, mir ist schlecht."

„Halte durch", erwiderte sie. „Egal, was du gefragt wirst, bleib bei der Geschichte, die wir ersonnen haben."

Kurz darauf kamen die beiden Beamten zurück.

„Na, das ist ja mal ein seltsamer Zufall", sagte Abberline. „Wir hatten gerade heute einen Fall von einem Telegrammboten, der mit ziemlich viel Geld in der Tasche erwischt worden ist. Charles Swinscow. Kennen Sie ihn, Mister Blackmore?"

Eddys Hände zitterten. Er presste sie auf seine Oberschenkel. „Sicher, er ist ein Kollege. Aber wir … wir kennen uns nicht näher, Sir. Und ich habe ihn in den letzten Tagen nicht gesehen, ich war ja …"

Abberline hob die Hand. „Schon klar. Wissen Sie noch von anderen Ihrer Kollegen, die eigenes Geld mit sich herumtragen, während sie im Dienst sind?"

„Nein … Sir." Die beiden Worte stolperten aus Eddys Mund.

„So." Chief Inspector Abberline musterte ihn mit einem bohrenden Blick. „Sind Sie schon einmal in einem Haus in der Cleveland Street gewesen?"

„Nein."

„Das ist allerdings merkwürdig. Swinscow hat von gewissen Dingen berichtet, die sich dort im Haus Nr. 19 zugetragen haben und dazu geführt haben, dass er eine Stange Geld bekommen hat. Er sagte, er sei nicht der einzige Telegrammbote, der sich auf diese Weise etwas dazu verdient hat. Ich habe mir die Namen angesehen, die er genannt hat. Er hat von Charles Hammond erzählt, der hinter dem Ganzen steckt. Ihr Name war auch dabei, Mister Blackmore."

Josephine wich alle Farbe aus dem Gesicht. *Verdammt.*

„Also, ich frage Sie jetzt noch mal. Waren Sie jemals im Haus Nr. 19, Cleveland Street?"

Eddy zitterte.

Abberline sah ihn scharf an.

Ein gequälter Laut verließ Eddys Mund. „Ja..."

„Constable, schreiben Sie ins Protokoll: Edward Blackmore für weiteres Verhör. Ich werde dieser Sache auf den Grund gehen. Aber erst einmal zurück zu Ihnen." Der Beamte wandte sich Josephine zu. „Wie ist es Ihnen denn gelungen, Baron Craven zu überwältigen?"

Vielleicht war es bei dieser Frage am Besten, bei der Wahrheit zu bleiben... „Ich habe Selbstverteidigung gelernt. Und ich hatte einen Schlagring dabei. Wir sind dann geflohen", erklärte sie.

„Verstehe."

„Sir Craven war auch in der Cleveland Street, bei Hammond!", platzte Eddy heraus.

„Ist das wahr? Oder behaupten Sie das jetzt nur, um Ihren Allerwertesten zu retten? Das wird Ihnen nichts nützen, Blackmore. Wir haben die Aussage von Swinscow, die Sie und mehrere Ihrer Kollegen belastet. Und noch einige andere Bürger."

„Es ist wirklich wahr. Er war dort, mehrmals. Er ist dort auf mich aufmerksam geworden."

Josephine durchbohrte Eddy mit Blicken. Wenn er jetzt auch noch damit herausrückte, dass sie …

Abberline unterbrach ihre Gedanken. „Dann haben wir es hier mit einer doppelten Anschuldigung zu tun. Grobe Unzucht und Entführung eines Minderjährigen. Miss Blackmore, Miss Murray, es ist wohl besser, wenn Sie den Raum verlassen, diese Dinge sind nicht für weibliche Ohren bestimmt."

„Aber es geht hier um meinen Bruder. Meinen Angehörigen", protestierte Constance.

„Wie Sie wünschen." Abberline wandte sich an Josephine. „Sind Sie auch einmal in Hammonds Haus gewesen, Miss Murray?"

Sie nahm ihren letzten Rest Mut zusammen und hielt seinem Blick stand ohne zu blinzeln. „Nein, Chief Inspector. Wie ich bereits sagte, ich habe aus einem Verdacht heraus Sir Craven beschattet, nachdem Ed … Mister Blackmore verschwunden war."

Eddy murmelte: „Hammonds Etablissement ist nur für Männer gedacht. Die einzige Frau, die ich dort je gesehen habe, war Hammonds Frau."

Einen Moment lang sah Abberline zu Eddy hinüber, dann wandte er sich ihr wieder zu und betrachtete sie schweigend. Sie senkte den Blick, wie es jede wohlerzogene Dame tun würde, die zu lange von einem Mann angesehen wurde. Wie gut, dass sie sich direkt vor der Fahrt hierher noch einmal rasiert und geschminkt hatte …

„Also gut", erklärte der Chief Inspector. „Sie beide können gehen, meine Damen. Mister Blackmore werde ich noch weiter verhören. Es steht Ihnen auch frei, zu warten, bis das Verhör beendet ist."

„Ich werde warten", sagte Constance, die sichtlich um Fassung rang.

„Dann warte ich mit Ihnen", bot Josephine ihr an.

„Sie können draußen im Eingangsbereich Platz nehmen. Oder kommen Sie in ungefähr einer Stunde wieder." Abberline führte sie aus dem Raum und nahm Eddy mit. Constance kämpfte mit den Tränen.

„Kommen Sie, gehen wir nach draußen", bat Josephine.

Sie verließen das Revier und gingen langsam die Straße entlang. „Es war keine gute Idee, sich an die Polizei zu wenden", sagte Constance. In ihrer Stimme schwang Bitterkeit mit.

Josephine blieb stehen und sah ihre Bekannte eindringlich an. „Wer konnte denn ahnen, dass sie diesen Swinscow erwischt haben? Ich fürchte, selbst wenn wir nicht hierher gekommen wären, hätte irgendwann die Polizei bei Ihnen angeklopft, weil Swinscow den Namen Ihres Bruders genannt hat."

Constance zögerte einen Moment lang. „Bitte, gehen Sie, Miss Murray. Danke für Ihre Hilfe. Aber Sie brauchen nicht hier mit mir warten. Ich … ich möchte lieber allein sein."

Diese Worte stachen wie Nadeln. Sie sah Constance Blackmore an, doch diese wich ihrem Blick aus. „Es tut mir sehr leid, dass es so weit gekommen ist. Wenn ich noch irgendetwas für Sie tun kann … Sie wissen ja, wo ich wohne." Sie nickte ihrer Bekannten noch einmal zu und machte sich mit hängenden Schultern auf den Heimweg.

Zuhause in Hammersmith schrieb sie in ihr Tagebuch:

Ich bin eine furchtbare Detektivin. Ich hätte die Polizei ganz heraushalten müssen. Constance und ihrem Bruder kann es schließlich egal sein, was weiter mit Sir Craven geschieht. Und das hätte mir auch gleichgültig sein können. Aber nein, ich wollte dafür sorgen, dass er zur Rechenschaft gezogen wird. Und habe Eddy der Polizei wie auf dem Präsentierteller überreicht.

Aber dass dieser Charles Swinscow ausgerechnet jetzt aufgeflogen ist, hat mich kalt erwischt. Das wird gewiss nicht das Ende vom Lied gewesen sein. Mit Sicherheit wird Swinscow auch die Namen von Hammonds Kunden nennen, wird sie beschreiben, so dass ihnen nicht einmal ihre Decknamen helfen, wenn sie welche benutzen. Oder die anderen Telegrammboten werden sie nennen, wenn sie befragt werden.

Ich kann nur hoffen und beten, dass niemand sich an mich erinnert oder diesem Abberline eine Beschreibung gibt. Und wenn ich an Jack, Tilly und die anderen Jungen denke, wird mir ganz anders. Dieses verfluchte Labouchére Amendment![8] *Sie werden im Gefängnis landen. Eddy gewiss auch. Und es gibt nichts, was ich für ihn tun kann. Seine Schwester wird nie wieder ein Wort mit mir reden.*

Ich dummes Ding hatte schon Hoffnung, dass wir uns anfreunden könnten. Eine Hoffnung, die ich nun wohl begraben muss.

8 Ein britisches Gesetz von 1885, welches männliche Homosexualität, insbesondere die sogenannte „Grobe Unzucht" — ein damaliger Begriff für Analverkehr — unter Strafe stellte, selbst wenn es für entsprechende Aktivitäten keine Beweise gab.

Ein Trost wäre es, wenn Sir Craven ebenfalls vor Gericht gestellt wird.

Sie brach ab. Legte die Feder beiseite, schraubte das Tintenfässchen zu und vergrub das Gesicht in den Händen. Es war alles schief gelaufen heute, was nur hatte schief gehen können…

18

Sonnabend, 14. September 1889

Josephine zuckte zusammen, als sie Eddys Gesicht in der Zeitung entdeckte. Oder besser gesagt eine Zeichnung von ihm, zusammen mit Portraits der anderen Telegrammboten, die in den West End Skandal verwickelt waren, wie ihn die Zeitung nannte.

Dem Bericht zufolge hatte Abberline bereits am Tag nach Eddys Verhör Hammond verhaften lassen wollen, allerdings war dieser nicht mehr anzutreffen. Die Polizei hatte daraufhin Cleveland Street Nr. 19 beschattet, für den Fall, dass Hammond dort noch einmal auftauchte. Vergebens. Vielleicht hatte ihn jemand gewarnt und er war mit seiner Frau abgehauen?

In reißerischen Worten berichtete die Zeitung außerdem von dem Gerichtsverfahren, das am Old Bailey – dem Zentralen Strafgerichtshof in der gleichnamigen Straße – stattgefunden hatte und inzwischen beendet worden war.

Die Telegrammboten, hieß es, waren zu mehrmonatigen Haftstrafen verurteilt worden. Der Bericht deutete allerdings nichts von wohlhabenden Bürgern oder gar Aristokraten an, die ebenfalls in Hammonds Etablissement ein- und ausgegangen waren. Ob Sir Craven sich am Ende hatte herausreden können? Hatte er überhaupt vor Gericht erscheinen müssen?

Vor knapp zwei Monaten hatte sie zuletzt mit Constance gesprochen. Scham und Schuldgefühle hatte sie davon abgehalten, ihre Bekannte aufzusuchen, aber nun hielt sie es nicht länger aus. Was war aus Eddy geworden? Und aus dem Baron?

Josephine sah auf die Uhr. Noch war es nicht zu spät für einen abendlichen Besuch. Sie rasierte sich, doch in der Eile schnitt sie sich ins Kinn. Mit einem Tuch tupfte sie es ab und wartete, bis die kleine Wunde zu bluten aufgehört hatte. Danach schminkte sie sich sorgfältig und setzte einen schlichten Hut auf, der nur mit einer seitlichen Schleife verziert war. Dazu den Wollmantel und die Handschuhe.

Zwanzig Minuten später klopfte sie an die Wohnungstür der Blackmore-Geschwister.

Constance Blackmore öffnete ihr. „Ach, Sie sind es…"

„Guten Abend, Constance. Bitte, darf ich hereinkommen? Ich möchte nur kurz mit Ihnen sprechen."

Constance zögerte, fuhr sich über das hochgesteckte Haar. „Also schön." Im Wohnzimmer bot sie ihr an, in einem alten Sessel Platz zu nehmen.

„Ich habe das Bild Ihres Bruders in der Zeitung entdeckt. Seit zwei Monaten frage ich mich, was aus ihm geworden ist. Und aus dem Baron, der ihn entführt hat."

Constances Unterlippe zitterte. Sie schlug eine Hand vor den Mund, setzte sich Josephine gegenüber auf einen Stuhl. „Er ist zu dreieinhalb Monaten Haft verurteilt worden", presste sie schließlich die Worte heraus, die ihr sichtlich schwer fielen. Sie war den Tränen nah. Am liebsten hätte Josephine sie umarmt, sie irgendwie getröstet.

„Das tut mir sehr leid", sagte sie leise. „Ich fürchte, ich trage daran eine Mitschuld."

Zu ihrer Überraschung schüttelte Constance den

Kopf. „Das glaube ich nicht. Er hat gewusst, dass er sich auf etwas Verbotenes einlässt. Es war sehr dumm von ihm, noch dazu unmoralisch. Wenn er doch nur mit mir gesprochen hätte… Und wie Sie ja bereits sagten, die Polizei wäre früher oder später bei uns aufgetaucht, da dieser Charles Swinscow ihnen seinen Namen verraten hat. Immerhin hatte mein Bruder mehr Glück als sein Kollege Newlove, denn der wurde zu vier Monaten Zuchthaus verurteilt. Und die anderen Telegrammboten zu neun Monaten Gefängnis. Dass Eddy entführt wurde, hat sich – wie sagt man? Es hat sich strafmildernd ausgewirkt."

„Ich verstehe. Und der Baron? Haben Sie etwas über seinen Verbleib gehört ?"

„Die Polizei hat ihn nicht finden können. Sie vermuten, er habe sich ins Ausland abgesetzt, mitsamt seiner Familie, möglicherweise nach Frankreich. Es ist denkbar, dass ihn einer der … Strichjungen oder ein anderer Kunde des Bordells gewarnt hat. So wie wohl auch Hammond selbst vielleicht gewarnt worden ist."

Was für schlechte Nachrichten! Oder auch gute, je nachdem, wie man es drehte. Eddy war vor dem Baron in Sicherheit, und das im doppelten Sinne. Im Moment im Gefängnis und später zu Hause, weil Sir Craven nicht wusste, wo er lebte. Aber es war fraglich, ob der Adlige – wo immer er sich nun befand — nicht in Zukunft andere junge Männer missbrauchen würde. Doch das war nicht mehr ihre Angelegenheit; ihr Auftrag als Detektivin für Miss Blackmore war abgeschlossen.

„Können Sie sich die Miete leisten, wenn Sie hier in den nächsten fünf Monaten allein wohnen?", fragte sie Constance.

„Das wird schwierig werden", gab ihre Bekannte zu.

Josephine überlegte. Sie fühlte sich noch immer schuldig, dass sie Eddy nicht vor dem Gefängnis hatte bewahren können. Auch wenn es für die Schuldgefühle keinen Grund geben mochte, ließen sie sich nicht einfach vertreiben.

Aber das war nicht alles: Sie hatte Constance ins Herz geschlossen und fand die Vorstellung verlockend, nicht mehr allein zu wohnen.

„Was halten Sie von folgender Idee: Ich ziehe zu Ihnen, bis Eddy wieder nach Hause kommt? Dann teilen wir uns die Miete."

Constance sah sie mit großen Augen an. „Das würden Sie tun? Aber was ist denn mit Ihrer Wohnung?"

„Ich habe sie möbliert gemietet, und ich habe nicht allzu viele Besitztümer, abgesehen von meiner Schreibmaschine, einigen Haushaltsgeräten, Büchern und meinen Kleidern. Und ich finde gewiss hier in der Gegend oder der Umgebung später wieder eine andere möblierte Wohnung."

Constance zögerte und blickte sie prüfend an. „Bitte sehen Sie es mir nach, wenn ich ganz offen darüber spreche. Sie sind anders als die meisten Frauen, nicht wahr? Als Sie mir sagten, dass dieses Freudenhaus nur für Männer sei … ich habe nicht weiter nachgefragt, aber jetzt … verzeihen Sie mir die Neugier, aber wenn wir zusammenwohnen sollten, dann …"

„Ich verstehe", unterbrach Josephine sie. Die Zeit der Wahrheit war gekommen. Auch wenn es ihr schwer fiel. Aber Constance hatte die Wahrheit verdient. Und so erzählte sie ihr all das, was sie auch Lady Thelma von ihrem Leben berichtet hatte. Wie sie sich schon als Kind als Mädchen und später als Frau gefühlt hatte, auch wenn sie mit den körperlichen Merkmalen eines

Mannes geboren worden war. Auch wenn ihr Vater aus ihr einen Mann machen wollte und sie zwang, Boxen zu lernen. Wie sie vor acht Jahren nach London gekommen war, um hier endlich als Frau ein neues Leben zu beginnen. Sie sprach auch kurz von Lady Thelmas Club, ohne dessen spezielle Ausrichtung zu erwähnen.

Constance lauschte ihr schweigend und stellte keine Fragen.

„Vor dem Gesetz oder vor einem Mediziner würde ich wohl als geisteskranker Mann gelten", fuhr Josephine fort. „Aber in meinem Inneren bin ich eine Frau, und dieses Gefühl kann ich nicht abstellen. Und weiß der Himmel, wie oft ich es in meiner Jugend versucht habe. Und ich kann auch nicht abstellen, dass ich mich zu Frauen hingezogen fühle und nicht zu Männern."

„Es fällt mir schwer, das alles zu verstehen, aber ich glaube Ihnen, Joseph … ich meine, Josephine. Aber wenn wir hier zusammen wohnen …"

„Ich werde mich Ihnen nicht unsittlich nähern, wenn es das ist, was Sie befürchten. Das verspreche ich Ihnen", erwiderte sie mit Nachdruck und sah dabei direkt in Constances Augen.

Diese schwieg erneut eine Weile. In ihrem Gesicht arbeitete es. „Nach allem, was Sie mir erzählt haben, möchte auch ich Ihnen etwas im Vertrauen sagen. Ich werde ganz offen sprechen, wenn es Ihnen recht ist, Josephine."

„Ich bitte darum." Josephine hielt unwillkürlich einen Moment lang den Atem an.

Constances Finger umklammerten den Stoff ihres Rocks. „Wissen Sie, ich habe noch keinen Mann gefunden, den ich heiraten wollte. Als Jugendliche hatte ich eine Freundin, die ich sehr geliebt habe. Wir waren unzertrennlich."

Sie wurde rot bei diesen Worten. „Allerdings ist sie fortgezogen und der Kontakt schlief mit der Zeit ein. Oder vielleicht sind auch meine Briefe an sie verloren gegangen. Ich muss gestehen, ich habe es aufgegeben, an das zu glauben, was man in den Liebesromanen lesen kann – die große, wahre Liebe – und mich darauf eingerichtet, als alte Jungfer zu sterben. Vielleicht habe ich einfach Angst davor, verletzt oder im Stich gelassen zu werden. So wie von jener Freundin, von der ich schon seit Jahren nichts mehr gehört habe. Deshalb bin ich sehr vorsichtig geworden, wen ich in mein Herz lasse."

„Das kann ich verstehen. Wenn es Ihnen unangenehm ist, dass ich hier einziehe … es war nur ein Vorschlag. Aber ich möchte mich keinesfalls aufdrängen."

Constance runzelte die Stirn. „Geben Sie mir zwei, drei Tage Bedenkzeit. Ich werde auch Eddy im Gefängnis besuchen und ihn fragen, ob er damit einverstanden ist, dass Sie vorübergehend in seinem Zimmer wohnen."

Josephine nickte ihr zu. „Bitte tun Sie das. Eine gute Idee."

Epilog

Freitagabend, 11. Oktober 1889

Liebes Tagebuch,

nicht mehr lange, dann kommt Constance nach Hause. Bei dem Gedanken daran bekomme ich ein bisschen Herzklopfen. Noch habe ich ein wenig Zeit, etwas zu schreiben, ehe ich den Tee und die dazugehörige Mahlzeit für uns beide zubereiten sollte.

Seit einer Woche wohne ich nun bei ihr. Der Umzug ist anstrengend gewesen, all die Sachen die Treppen hinunter zu transportieren und in ein Hansom Cab zu verfrachten. Aber Constance und der Kutscher haben mir sehr geholfen und so habe ich alles innerhalb eines Tages geschafft, nachdem ich ja vorher alle meine Sachen in Taschen, Beutel und Obstkisten gepackt hatte.

Und nun wohne ich also hier, vorübergehend. Ich verspüre eine Art bittersüßes Glück, in Constances Nähe sein zu können. Sie ist ein so lieber Mensch. Das habe ich gleich gemerkt, als sie mir schilderte, wie sehr sie sich um ihren Bruder sorgt. Und sie verurteilt mich nicht für das, was ich bin und wie ich bin.

Die gemeinsamen Mahlzeiten morgens und abends, sich am Ende des Tages Gute Nacht zu wünschen ... Du weißt, es ist acht Jahre her, seit ich das zuletzt erlebt habe, damals mit meinen Eltern. Ich habe ja gern meine Ruhe, wenn ich schreibe, aber ich bin – wie vermutlich die meisten Menschen – nicht dafür geschaffen, auf ewig allein zu leben.

Vielleicht ist es eine dumme Schwärmerei, die ich für Constance entwickle. Aber das Herz will nun einmal oft andere Dinge als der Verstand … Alles was ich zu hoffen wage, ist dass aus unserer gemeinsamen Zeit hier eine Freundschaft entsteht. Allerdings fühle ich mich unbeholfen im Umgang mit ihr. Ich habe Angst, sie zu verschrecken mit einer unbedachten Handlung oder Bemerkung. Dass ich manchmal Liebesgeschichten schreibe, hilft mir nicht weiter, eher im Gegenteil. Wenn ich an die romantischen Schwärmereien meiner Heldinnen und Helden auf dem Papier denke, dann wird mir jedes Mal klar, wie wenig diese mit der Realität zu tun haben.

Constance ist den ganzen Tag außer Haus und arbeitet in dem Schneidergeschäft. Und ich selbst trommele einen Satz nach dem anderen in die Schreibmaschinentasten, denn mein aktueller Abgabetermin rückt näher. Gerade sah ich aus dem Fenster, denn eine dunkelblaue Uniform mit einer gleichfarbigen Kappe und einem roten Längsstreifen erregte meine Aufmerksamkeit. Ein Telegrammbote, noch jünger als Constances Bruder. Das lässt mich wieder an die Ereignisse in der Cleveland Street denken. Ende September ist in der North London Press ein Artikel erschienen, in dem der Journalist Ernest Parke behauptete, der Erbe eines Herzogs und der jüngere Sohn eines Herzogs hätten das Bordell in der Cleveland Street besucht. Auch in Lady Thelmas Club ist das Gespräch in den letzten Wochen häufig auf den West End Skandal gekommen, wann immer die Zeitungen das Thema wieder aufgriffen.

Ich frage mich, was aus dem Adligen geworden ist, der sich Mister Brown genannt hat und wohin es wohl den Iren Jack und den Strichjungen Tilly verschlagen hat. Vor allem aber denke ich an Constances Bruder, der im Gefängnis sitzt, obwohl er selbst Opfer eines Verbrechens geworden ist.

Was für eine seltsame Welt, in der wir leben.

Deine Josephine

Nachwort zu den historischen Begebenheiten

Der Cleveland Street Skandal ist keine Erfindung von mir, sondern hat sich tatsächlich im Juli 1889 zugetragen.

Ich habe mich weitestgehend an die historischen Fakten gehalten, jedoch für die beiden fiktiven Charaktere Eddy Blackmore und Sir Craven einen weiteren Kriminalfall ersonnen. Der Ire Jack war auch bekannt als Jack Saul oder Dublin Jack. Seine Geschichte habe ich in der Biografie „The Sins of Jack Saul — The true story of Dublin Jack and the Cleveland Street Scandal" von Glenn Chandler gelesen. Die Telegrammboten Swinscow, Thickbroom und Newlove waren tatsächlich in den Fall verwickelt, während der Strichjunge Tilman eine Erfindung meinerseits ist.

Lesenswert in diesem Zusammenhang fand ich auch den gut recherchierten Roman „Scandal on Cleveland Street" von R. J. Russell (beide Bücher sind nur auf Englisch erschienen).

In den „West End Skandal", wie er damals in der Presse genannt wurde, waren mehrere Adlige verwickelt und sogar der Kronprinz Albert Victor – auch genannt „Eddy" nach einem seiner weiteren Vornamen Edward – wurde verdächtigt, das Bordell besucht zu haben. Die Behörden vertuschten und verzögerten den Fall weitgehend, um die beschuldigten Aristokraten aus der Presse herauszuhalten.

„Mister Brown" war in Wahrheit kein geringerer als Lord Arthur Somerset, der diese Verzögerung nutzte, um im Oktober 1889 nach Frankreich zu fliehen, wo er bis zum Ende seines Lebens im Exil blieb.

In London gab es um 1889 tatsächlich nicht nur zahlreiche Gentlemen's Clubs, sondern auch Clubs ausschließlich für Damen. Ob es darunter auch welche mit einer so speziellen Ausrichtung wie der von Lady Thelma gab … ganz ausschließen lässt es sich nicht.

Das Bild zur Novelle „Carmilla“ ist von David Henry Friston, aus dem Jahr 1872.

Danksagung

Mein Dank gilt den folgenden Personen:

… Wie immer meiner besseren Hälfte. Du weißt, wofür.

… Sandra, Madeleine, Inessa, Nicole und meinem Autorenkollegen Tristan Thomas für die vielen Verbesserungsvorschläge und die Motivation.

… All denjenigen, die schon vor Erscheinen dieses Krimis ihr Interesse daran bekundet haben.

… Sören, der mich schon nach dem Lesen von „Berlingtons Geisterjäger" auf das Potential von Miss Murray aufmerksam gemacht hat. Sein Feedback war einer der Gründe, warum diese Nebenfigur aus der Geisterjäger-Trilogie hier ihre eigene Geschichte bekommen hat.

… Claudia, die mich durch ihr Feedback zu meiner Novelle „Sein wahres Selbst" ermutigt hat, ein weiteres Mal über eine transgender Person zu schreiben.

Ich freue mich immer über Feedback oder Rezensionen zu meinen Büchern. Eine Übersicht meiner Veröffentlichung gibt es hier:

www.amalia-zeichnerin.net/veroeffentlichungen/

Mehr über Miss Murray, darunter auch einige Extras, findest du hier:

www.amalia-zeichnerin.net/miss-murray/

Und so geht es mit Miss Murray weiter…

London, im Winter 1889

Eine Theateraufführung im West End endet tödlich. Die Schauspielerin Fay Mannings will einen Geist gesehen haben. Nichts weiter als Humbug? Als die Groschenromanautorin und Gelegenheitsdetektivin Miss Murray in diesem Mordfall ermittelt, findet sie schon bald mehr als einen Verdächtigen...

„Die mysteriösen Fälle der Miss Murray: Theatergeist“ erscheint im Oktober 2018.

Printed in Poland
by Amazon Fulfillment
Poland Sp. z o.o., Wrocław

49274773R00092